JN105727

異世界でのおれへの評価がおかしいんだが

～最強騎士に愛されてます～

《ガゼル》
黒翼騎士団の団長。
カリスマ性のある
ワイルドなイケメン。
溢れる包容力で
タクミを愛でる。
《フェリクス》
黒翼騎士団の副団長。
冷静沈着な美麗の貴公子。
タクミを愛でるあまり、
しばしば我を忘れる。
《タクミ》
RPGゲーム、
『チェンジ・ザ・ワールド』の
世界に転移してしまった主人公。
インドア派の
非モテオタクなのに、
黒翼騎士団の一員として
スカウトされる。
大好きな仲間たちのため、
黒翼騎士団の壊滅イベントを
防ごうと奮闘中。

《イーリス》
黒翼騎士団の軍師。
心は乙女で、
ナイフの腕前は一流。
《リオン》
貴族のみで構成される
白翼騎士団の孤高の団長。
クールかつ無愛想だが
タクミにはとことん甘い。
《オルトラン》
黒翼騎士団と親しい
黄翼騎士団の若き団長。
鳥系の獣人で無骨。

お母さん、お父さん、兄さんへ。

今日は、貴方たちに二つのご報告があります！

なんとこの度、おれは公務員になりました！

公務員という言い方で正しいのかは分からないんですが。でも、国家直属の由緒正しいお仕事で、地域のため人のために頑張っています。

まさかこのおれがそんなところに就職できるなんて、思ってもみなかったでしょう。おれも思っていませんでした。

というかそもそも、出かけた先でバイクに撥ねられて異世界に転移するなんてこと、思ってもみませんでした。しかもその異世界が、元の世界でプレイしていたＲＰＧゲーム『チェンジ・ザ・ワールド』の世界だというのだから本当にビックリです。

しかも、おれがこの世界で気軽に行ったポーション開発のせいで、『チェンジ・ザ・ワールド』内の様々なイベントが改変される羽目になってしまうとは……！

あ、すみません、ちょっと話が脱線しちゃいましたね。

こほん。では、気を取り直してもう一つのご報告です！

――今おれは、子供を人質に取った山賊と対峙（たいじ）しています。


「その武器を捨てな、兄ちゃん！　このガキがどうなってもいいのか！」

筋肉質で髭（ひげ）モジャの男が、口から唾を飛ばして怒鳴る。

男は手に三日月刀を持ち、その切っ先を自分の抱える少年に突きつけている。少年は目に涙を浮かべて顔を蒼白にしていた。

「ひっ、ひっ……！」

「静かにしろ、ガキ！　言っておくが、テメェも仲間を呼ぼうなんて思うなよ！　このガキの鼻が削ぎ落とされるところが見てぇんなら別だがな！」

「くっ……！」

あー、もう、どうしてこんなことに⁉

頭を抱えたい気持ちを堪え、震えそうになる足を叱咤（しった）して、おれはなんとか目の前の男を睨む。

さて。何故こんなことになっているかというと――おれの就職先である黒翼（こくよく）騎士団に、今回、街道で商隊を襲っているという『ワッソ山賊団』の討伐任務が下されたのが始まりだ。

山賊のアジトは山間にある森の中だという情報を得た後、斥候（せっこう）がそこを発見することに成功した。

そして、ガゼル団長率いる黒翼騎士団は、夜が明けると同時にアジトを強襲したのである。

あ、騎士団って公務員みたいなもんだよね？　やったね、憧れの安定性ナンバーワンの職業だぜ！

「さっさとその手の剣を捨てろ！　それともこのガキの――」

「っ、分かった。これでいいんだな？」

まぁ、おれが直面しているのは安定とはほど遠い事態だがな！

男が手にした三日月刀の切っ先を子供の頬にぷつりと突き刺したのを見て、慌てて刀を鞘ごと放り捨てる。

が、焦って投げたせいか、刀はなんとほぼ真上に飛んでいってしまった。

あっ、と思った瞬間には、もう遅かった。

刀はおれの頭上にある大木の枝に引っかかってしまったのである。その高さはおよそ三メートルほど。もう、木に登らなければ届きそうにない。

「へぇ、気が利くじゃねぇか。それならどうやったって、もうテメェの手には届かねぇからな」

男が黄ばんだ歯をむき出してニヤリと笑う。

やっべー……おれの馬鹿……。さらに状況を悪くしてどうするよ⁉

せめてどっか地面の上に投げておけば、隙をついて刀を取りに行けたかもしれないのに！

あれじゃあもう取れないじゃないか！　このノーコン！

そう内心自分を罵りながら、おれは男をきつく見据えた。

そして、なんとか場をしのごうと口を開く。

「お前は山賊、ワッソだな？」

「ふん、騎士団員サマに名を知られてるとは、このオレ様も有名になったもんだぜ。おうよ、オレ様がワッソよ！」

男の言葉におれは目を見開いた。

あれっ？　このおじさん、ワッソ山賊団の下っ端とかじゃなくて、ワッソさんその人なの？

いや、今おれも「ワッソの一味だな？」って聞こうと思ったところで舌を噛んじゃって、「一味」って単語が抜けちゃったから、変な聞き方になっちゃったんだけど……

あっ、これが嘘から出たまことってやつ？　ちょっと違うか……って言ってる場合じゃない！

じゃあこの人、ワッソ山賊団のボスじゃん！

なんでそんな人がこんなところに一人でいるんだよ!?

「何故、お前はこんなところに一人でいるんだ？」

「決まってるだろう！　この山賊団はもう壊滅だが、人質を盾（たて）にすりゃお前らもそう簡単にオレ様に手出しはできねぇだろう？　バドルドのアニキの仇討ちができねぇのは癪（しゃく）だが、なんとしてもオレ様だけは生き延びてやる！」

どうやらまとめると、この山賊ワッソは、騎士団にアジトを強襲されて勝ち目がないと見るや否や、捕らえていた人質を連れて、ここまで一人で逃げ延びたらしい。

んん？　でもおかしいな。

アジトには山賊ワッソと名乗る人間が別にいたはずだ。そいつを含む山賊のメンバー全員を捕縛することに成功したので、おれは一安心して「ふっふーん、今日は後方待機だけで終わったからよかったぜ！　まだ後片付けもあるみたいだけど、ちょっとトイレに行きたいから今のうちに済ませてくるか！」とご機嫌で部隊からこっそり離れて、一人でお花摘みに行ったのだ。

そして、帰る際にうっかり道に迷い、人影を見つけたので「木こりの人かな？　ちょっと道を尋ねよう！」と思って声をかけたところ、なんとこの山賊ワッソさんだったわけであるが……

いやぁ、勝手な単独行動をしてはいけないといういい教訓になったね！

マジでごめんなさい、もうしません！

「……つまり、アジトにいたワッソを名乗る男は、お前の替え玉というわけか？」

「ああ、あいつはちっと頭が弱くてな。オレ様が『ワッソを名乗ってちょっとの間、大騒ぎしてくれ。騎士団はボスを名乗るオメェを簡単には殺さねぇはずだ。その間にオレは武器と火薬を取りに行く』って言い含めておいたのよ」

「ふむ、なるほどな」

……この人、山賊なのにすっごく頭いいな！

少なくとも、こんなところで道に迷ってるおれよりは遥かに頭がいい！

「だが、まさか替え玉を見破って、オレ様を追跡してくるヤツがいるとはなぁ？」

す、すみません。ただの偶然です……

そちらが人質さえ取ってなければ、「木こりの方かな？　朝早くからお疲れ様でーす！」と思って道を尋ねるところでした……

頭を抱えたくなると同時に、ふと、おれはあることに気がついた。

今このワッソって人、「バドルドのアニキ」って言わなかった?

「バドルドというのは、〝連撃〟の二つ名を持つ海賊バドルドか?」

「ふん、そうだ。オレらは海賊バドルド一味の生き残りよ。アニキを監獄送りにしたテメェら黒翼騎士団には恨みがあるが……チッ、まぁこの状況じゃオレが逃げ延びてテメェらの鼻を明かすことでよしとするかね」

海賊バドルド——それは、おれにとっても非常に印象深い名前だった。

あのバドルドとの戦いこそが、おれが黒翼騎士団の皆に出会うきっかけだったのだから。

しかし、そうか……このワッソ山賊団はあの海賊一味の残党だったのか。

そういやあの港町からもけっこう近いしね、この辺り。

「まぁ、アニキの仇討ちとして、テメェのその綺麗な顔をずたずたに切り裂いてやるぐらいはしてもいいかもな。どの道、オレ様の後をつけられちゃ困るんだ。まずはその真っ黒な目を——」

「無様(ぶざま)なものだな」

「なに?」

なんだか物凄く不穏なことを言いながら近づいてきた山賊ワッソを制止するため、おれは咄嗟(とっさ)に口を開いた。

ワッソはぴたりと足を止めると、怪訝(けげん)そうな表情を向けてくる。

よし、会話に乗ってきた!

こうやって時間稼ぎをしていれば、おれがいないことに気がついた騎士団の皆が捜しに来てくれるかもしれない！

それにこうしておれに注意を引きつけておけば、少年に危害を加えられる可能性も少なくなるはずだ……！

「ふっ……海賊バドルドの部下としては、無様なものだと言ったんだ」

「なんだと!?　テメェにアニキのなにが——！」

「あの男は悪党だったが、少なくとも子供を人質にするような真似はしなかったぞ」

「っ！」

「それに、部下を見捨てて自分だけ逃げるような真似もしなかった。絶対に勝ち目がなくとも、最後まであの男は戦い抜いた。たった一人でな」

「……っ、オレは……」

それまでの威勢がなくなり、唇を戦慄かせて視線をさ迷わせるワッソ。

震える唇は「アニキは、でも」「だってオレはそもそもボスになれるような器じゃなかった」といった言葉をぼそぼそと呟いている。

今のうちに少年が逃げてくれないかと思ったものの、少年は目の前の三日月刀を涙目でぷるぷると見つめるだけで、逃げることはできそうにない。

くっ、仕方がないか……！　えっと、えーっと、あとはなにか時間稼ぎできそうな話題は……!?

「……ん？　待てよ」

すると、そこでワッソがなにかに気がついたような声をあげた。

「なんでテメェが、アニキの最後の戦いを知っているんだ……?」

――あっ。

「じゃあ……テメェがアニキを捕まえたのか!」

そして、一気に激昂したワッソは憤怒の表情で怒号した。

そりゃそうだよねー!

だが、よかったこともある。慕っていた人の仇を目の前にしたワッソは、頭に血が上ったようで、捕らえていた人質を放して地面に突き飛ばしたのだ。そして、手にした三日月刀の切っ先をおれに向けて突っ込んでくる。

もしかするとそれは、おれが語ったバドルドの最後の戦いぶりに倣った行いだったのかもしれない。だが、こんな状況でそれを確認する余裕もない。

ワッソは怒りで顔を真っ赤にして、三日月刀で切りかかってきた。おれは既のところでそれを躱す。

――すると、その瞬間だった。

ワッソの斬撃による衝撃が伝わったのか、それとも刀の意思であったのか――おれが先程放り投げ、頭上の枝に引っかかっていたはずの刀が、するりと地上へ落下したのである。

そしてそれは、おれの手の中にするりと滑り込んできた。

「なっ……!?」

ワッソが驚きに目を見開く。

だが、びっくりしているのはおれも同じだった。というか、ワッソ以上におれの方がびっくりしたかもしれない。

ベストタイミングすぎて、マジで怖いなこの刀！

おれの手の中に刀が滑り落ちてきた瞬間、落下の反動で刀身はするりと鞘から抜けていた。

鞘から完全に抜けきると同時に、右手は素早く翻り、白刃を閃かせる。

「ハァッ！」

「ぐ、うぅっ……！」

放たれた刃は、ワッソの上体を切りつけた。

胸を切りつけられたワッソは苦しげに呻くと、カランと音を立てて三日月刀を地面に落とした。

その両手は自分の傷つけられた胸元を押さえ、額からは脂汗が噴き出している。悔しそうにおれを睨みつけているものの、最早、彼がこれ以上の抵抗ができないのは明らかだ。

「――タクミ！」

すると、背後からおれの名前を呼ぶ声が聞こえた。

ついで、ガサガサと木々をかき分ける複数人の足音が近づいてくるのが聞こえる。

声からして、騎士団団長のガゼルだろう。おれがいないことに気がついたのか、はたまたアジトにいたボスが替え玉だったことに気がついたのか、こちらに向かってきてくれているようだ。

とはいえ、おれはそちらに顔を向けることはできない。

何故かというと――おれが手にしているこの刀のせいだ。

この刀は、『チェンジ・ザ・ワールド』の世界でお馴染みだった、呪いの武器『カースドコレクション』シリーズの一つだ。

その特性は様々だが、この呪刀は絶大な力を使い手に与える代わりに、二種類のデメリットをもたらす。

そのうちの一つが、戦闘中の行動制限だ。

戦闘中、この刀を抜いている間は使い手の意思による行動はできず、まるで刀が導くようにして目の前の敵にガンガン切りかかっていくのである。先程ワッソを袈裟斬りにした一連の動作も、おれの意思ではなく、右手に持った刀がおれの身体を操っていたものだ。

しかし、このデメリットはおれにとってはメリットでしかないので、こうして愛用させてもらっている。

ただの引きこもり系な一般人であるおれは、戦うことなんてまったくできないからだ。だから、刀がおれの身体を使って勝手に戦闘を行ってくれるのなら、こんなにありがたいことはない。

まぁ、そういうわけで、おれは背後から来る騎士団の皆を振り向くことはできなかった。

まだ敵が目の前におり、刀を鞘に収めるまでの間は呪刀の支配下にあるからだ。そのため、おれは地面に蹲ったワッソに、刀を突きつける体勢で強制的に停止させられている。ワッソが再びおれに向かってくれれば、また呪刀は先程のようにおれの身体を操って「ヒャッハー！」と言わんばかりにノリノリで戦い始めるだろう。

……なら、さっさとこの刀を鞘に収めればいいじゃんという話なのだが、もう一種類のデメリットがあるのでそれもできないのである。

はぁ……

戦闘終了後のデメリットさえなければ、これほどいい武器もないんだけどなぁー……

◆

「ひっ……ぁ、あァッ！　ま、またイってるから、ガゼルッ……！」

「まだまだ、だろ？　タクミのここは物足りなさそうだぜ？」

「そんなことなっ……ひぅッ！　ぁッ、フェリクス、そこ、もうやめッ……！」

「駄目ですよ、タクミ。これは独断専行した貴方へのお仕置きでもあるのですから」

快感がまるで怒涛のように押し寄せてくる。

おれは今、二人の男性と、在籍している黒翼騎士団の団員用宿舎——その副団長専用の個室にいた。おれのような下っ端団員の相部屋とは違い、騎士団内で役職が上の人間は個室が貰えるのだ。

備え付けの家具も自分の趣向で取り揃えることができ、落ち着いた調度品の数々は、この部屋を使っている人物の趣味の良さをそのまま表していた。

だが、今のおれに部屋の内装について注意を向けている余裕はない。

今この間にも、おれのナカに埋まったガゼルの陰茎が、がつりと最奥を突き上げているからである。

「ッくあ、ンッ……！　ガゼルっ、ぁ、そこ、気持ちよすぎるから、だめだって言って……ひぁっ⁉」

「タクミ、そんな可愛いこと言うのは逆効果だぞ？」

ベッドの縁に腰掛けて、おれを膝の上に乗せた状態で背後からおれを突き上げるガゼル。

彼——ガゼル・リスティーニは、ワインレッドの髪に金瞳を持つ、がっしりとした体つきの美丈夫だ。

彫りの深い精悍な顔立ちと、逞しい筋肉のついた肢体は雄々しく、同性ながら思わず見惚れてしまうほどだ。

さらには、このリッツハイム魔導王国にある黒翼騎士団の団長でもあるというのだから、天は二物を与えまくりじゃなかろうか。おれにも少し分けてほしい。

おれは首だけでガゼルを振り返って、涙ながらに嘆願した。しかし、願いが聞き入れられるどころか、ガゼルは肉食獣のように瞳をぎらつかせ、ニヤリと笑うと、より一層激しく突き上げる。

「ぁ、ひっ、ぁあッ……んぅ！」

「大体、これはフェリクスの言う通りお仕置きだからな。俺も手加減してやるわけにはいかねぇんだよ」

ガゼルはすっと目を細めると、顔を寄せてべろりと耳に熱い舌を這わせる。

舌先が耳の中に這い、くちゅくちゅという淫猥な水音がダイレクトに鼓膜に響いた。

「ったく。ボスの替え玉に気づいたのは流石と褒めてやりてェが……なんでそこでお前は一人で追跡に行っちまうかね？　お前が一人でワッソと向き合ってた時、俺がどれほど肝を冷やしたと思ってんだ？」

「あ、あれは……っ、んぅッ！」

いやいや、あの状況についてはおれとしても不本意すぎる状況だったから！

まぁ結果としては人質の少年も無事に助けることができたし、ワッソも捕縛できたんだから、万々歳と言えなくもないけどさ！

そう抗議をしたいのだが、ガゼルが最奥（さいおう）を陰茎でごつごつと突き上げつつ、外耳（がいじ）に執拗に舌を這わせるため、口から漏れるのは喘ぎ声ばかりで、ちっとも説明ができやしない。

しかも、おれを攻め立てるのはガゼルだけではないのだ。

「ガゼル団長の言う通りです。後方の班に配属されていたはずの貴方がいつの間にかいないと思ったら、森の奥から少年が私たちのところへ逃げてきて……『黒髪のお兄さんが助けにきてくれた。今、その人が一人で山賊と戦ってる！』と言われた時は、本当に、本当に驚かされました……」

「っ、フェリクス……」

ベッドの足元、床に膝をついて、じっとおれを見上げるフェリクス。

彼は、フェリクス・フォンツ・アルファレッタ。黒翼騎士団の副団長でもあり、この部屋の主でもある。

さらさらの金髪に紫水晶の瞳を持つ彼は、白皙（はくせき）の貴公子と呼ぶにふさわしい。

そんな彼が眉を八の字にして悲しそうにおれを見上げてくる姿は、なんだかゴールデンレトリバーが耳と尻尾をしゅんと垂らしている様を連想させる。その様子に、さすがのおれも「うっ」と罪悪感を覚える。

ま、まぁ、おれが一人で勝手な行動をしたのは確かなんだよなぁ……

「っ、すまなかった……その、二人に心配をさせるつもりではなかったんだ」

「……分かっています。優しい貴方のことですから、大人数で行けば、追い詰められたワッソが人質に危害を加えると考えたのでしょう？」

「っ、う、うん？」

「貴方一人だけなら、ワッソも油断するだろうと思ったのですよね？」

「ち、違うっ……おれは、そんなつもりはなかった。ただ、自分勝手な行動で、隊を離れただけだ」

フェリクスはおれの言葉に寂しそうな微笑を浮かべると、「本当に貴方は優しいですね」と呟いた。

ん、んんん!?

おっかしいな!?　これ、ちゃんと話通じてる!?

なんか微妙に意思疎通ができてない気がするんだが……!?

っていうか、もしも替え玉や人質の件に気づいてたら、一も二もなく皆に相談してたよ!?

それが普通だよね!?　どこの誰が「よーし！　おれ一人で、ちゃっちゃと山賊の残党退治に行ってくるぜ！」なんて思うんだよ!?

……いや、でもガゼルやフェリクスなら、ワッソ相手に一人でも楽勝そうだもんな。

だからって自分たちの基準をおれに当てはめないでほしい、頼むから。

「それでも、タクミはもっと自分を大事にしてください」

「うあッ……ん、ふぅッ……！」

「何度も言いますが、もっと私やガゼル団長に頼ってください。タクミは自分一人でなんでも背負いすぎですよ」

いや、あの、残念ながらおれはこれ以上ないってくらいに自分を大事にしまくってますが……！

フェリクスの言葉を否定しようかと思ったものの、その考えはすぐにかき消えた。

おれの足元に膝をついたフェリクスが、おれの陰茎にその優美な指を巻きつけて、幹を擦り始めたからである。反対の人差し指で、敏感な先端をぐりぐりと攻め立ててくる。

「ッ、ひぅっ⁉」

「おっ、今すっごいナカが締まったぜ。気持ちいいか、タクミ？　よかったなァ、弄ってもらえて。そこ強く擦られるの、好きだもんな？」

ガゼルは喉の奥で笑うと、低く囁いた。凄まじい羞恥に襲われて、おれは首を必死に横に振る。

「あ、やだっ、フェリクス、それ強すぎるッ……アあッ！」

「……可愛い声だ。いつも冷静な貴方がそういう声をあげるのを聞くと……我を忘れそうになりますね」

「おいおい、フェリクス。本気でいじめてやるなよ？」

「ふふっ、分かっておりますよ」

快楽が電流のように背筋を何度も走り抜け、その度にビクビクと身体を震わせ、胎内に埋められたガゼルの陰茎をよりいっそう強く締めつける。

媚肉が蠢き、自分の中にある彼の存在をまざまざと感じて、かあっと顔が熱くなる。

正直、あまりにも快楽が強すぎて辛い。身体中どこを触られても敏感に反応し、全てが愉悦に変わっていく。

いっそこのまま気を失えたらどんなに楽だろう。

けれどもおれの身体は心を裏切って、二人から与えられる愛撫に歓び、先端から透明な先走りをとろりと溢れさせ続ける。

ああもう、やっぱりあの呪刀、使うんじゃなかった!

でもおれが戦うにはあれしかないんだよなぁ……

そう。何故おれが、黒翼騎士団の団長と副団長である二人とこのような行為に及んでいるのかというと、おれの持っている刀がその要因なのだ。

あの呪刀が使用者に与える一つ目のデメリットは、知っての通り戦闘中の自由行動不可。目の前の敵を屠り、刀を鞘に収めない限りは「ヒャッハー!　ガンガン行くぜ!」という状態がデフォルトとなり、刀が使い手を操って戦闘を行う。

そして二つ目のデメリットは、戦闘終了後、使い手に状態異常を与えるというものだ。

戦闘が終了し、刀を鞘に収めると、使い手に麻痺や発情などの状態異常を一定時間与えるのである。

………ええ、発情デス。

そう。このヒャッハー呪刀のデメリットにより、おれは任務が終わってこの騎士団の隊舎に戻ってきた後、強制的な発情状態に置かれてしまったのである。

あー、もう。せめて麻痺(まひ)状態ならベッドで寝てられたんだけどな！

しかし、発情状態の場合は相部屋となるのでそうはいかない。

おれはフラフラと部屋を出て、厠(かわや)にでも行こうとしたところをガゼルに見つかってしまった。そして、ガゼルがフェリクスに声をかけてこの部屋に連れてきて、あれよあれよという間に三人でこの行為に至り……というのが今の状況である。

ちなみに、ガゼルとフェリクスはこの呪刀のデメリットのことは知らない。

この戦闘後の状態異常は、体質的なものだと思ってくれているみたいだ。おれとしても、この呪刀のデメリットのことを話してしまうと騎士団を強制退団させられるかもしれないので、二人の勘違いを正さないままでいる。

……嘘をついているみたいで、かなり罪悪感があるけど……！

でも、おれの目的のためには背に腹はかえられない。

——おれの目的。

それは、おれが所属している黒翼騎士団の壊滅イベントを回避することだ。

おれが元いた世界でプレイしていたRPGゲーム『チェンジ・ザ・ワールド』の中盤で……黒翼

騎士団は壊滅し、たった一人を除いて全ての団員が死亡してしまうのである。

それはゲーム内の必須イベントであり、どうしても避けられないものだった。

けれど、ここはゲームじゃない。

どんなにゲームとそっくりな世界で、キャラクターそのものな人たちがいるとしても、ここは紛れもなく現実なんだ。

現実である以上は、きっと、そのイベントを回避する手段が、皆を助けることができる手段があるはず。

それを見つける前に、おれは黒翼騎士団から脱退するわけにはいかない。

「タクミ、考え事ですか？」

「ひぁっ⁉」

「なんだ、随分余裕があるじゃねェか」

「あ、やめっ……ん、あァっ！」

ここに至るまでの日々を回想していたのだが、それが二人にバレてしまったらしい。

フェリクスは掌で陰嚢(いんのう)を包み込むように触ると、そこをゆっくり揉みしだいた。じんと痺(しび)れるような快感が下半身から全身に広がる。

おれの陰茎からは先走りが絶えず流れ落ち、フェリクスの手をびっしょりと濡らしてしまっていた。けれど、フェリクスは嫌がる素振りも見せず、むしろ嬉しそうに微笑している。

「あッ……っ、フェリクス、おれ、もうイきそうだから、手、離してくれッ……！」

「ん？　もうイっちまいそうなのか、タクミ。じゃあせっかくだし俺と一緒にイくか」

「ひゃあッ⁉」

おれの言葉をどう捉えたのか、耳たぶを軽く噛んでいたガゼルがいきなり律動を速めた。

あまりの衝撃に、陰茎から透明な蜜が一気にほとばしり、目の前がチカチカと明滅する。

それでもまだフェリクスはおれの陰茎から指を離そうとせず、ガゼルの腰の動きに合わせて幹を扱（しご）いてきさえした。

あの、フェリクスさん⁉　おれ、今離してって言ったのにっ……！

「つァ、っああ……ん、あっ！」

「ッ……たまんねェな、こりゃ……！」

陰茎がゴリゴリと肉壁を抉（えぐ）っていく。その度に凄（すさ）まじい快感が奔（はし）り抜けて、甘い悲鳴をあげてしまう。

そしてガゼルは、おれの腰をがしりと掴むと、陰茎を限界まで引き抜き、一気に最奥（さいおう）まで突き上げた。

——瞬間、視界が真っ白になった。

ガゼルは、その熱く脈打つ陰茎で止（とど）めと言わんばかりに荒々しく秘肉を抉（えぐ）り回した。

強烈な悦楽に、秘肉がきゅうぅぅっと収縮し、まるで精液を求めるかのように、ガゼルの陰茎を肉壁全体で締め上げる。がくがくと内腿が戦慄（わなな）き、腰が仰（の）け反（ぞ）った。

「ふッ、ぁつ、ああぁあァッーー……！」

「ぐ、くぅッ……！」

ガゼルの荒い吐息が耳元にかかる。

胎内に、どくどくとガゼルの精液が吐き出されているのが分かった。それと同時に、おれの身体も絶頂を迎えていた。見れば、自分の下腹部とフェリクスの手が、白濁にまみれしとどに濡れている。

ご、ごめんフェリクス！　だから、離してくれって頼んだのに……！

「んっ、ふっ……」

だが、頭がぼうっとして、フェリクスの手についた白濁を拭う気力が湧いてこない。

「ごめん、フェリクス……」

「ふふ、構いませんよ」

おれが謝ると、フェリクスは紫水晶の瞳に悪戯(いたずら)っぽい光を宿して、ぺろりと手についた白濁液を舐めとった。

まるでおれに見せつけるように、真っ赤な舌が粘ついた精液を舐める様子に顔が一気に熱くなる。

「そ、そんなの舐めないでくれ、フェリクス……」

「おや、どうしてですか？」

だ、だってそんなの舐められたもんじゃないでしょ⁉　今すぐペッってして、ペッて！

あまりの羞恥に二の句を告げずにいると、フェリクスはますますおかしそうに微笑んだ。

「ふふっ、私たちはもっとすごいことをしているのに、貴方はいつまでたっても慣れませんね」

「でもよ、タクミのそういう初心なところが可愛いよなァ」

長い指が伸びてきて、顎を掴まれて横を向かされる。

おれの中に精液を吐き出したばかりだというのに、ガゼルの瞳にはいまだにぎらついた光が満ちている。

その金瞳は、まだ足りていないと、言外に物語っていた。

「ほら、タクミ。フェリクスにおあずけさせせんのも可哀想だろう？　俺もまだまだお前を可愛がり足りねェしな」

「ガ、ガゼルッ！　お、おれはもう無理だ……」

「そんなことないだろ？　お前のここはまだまだ物足りなさそうじゃねェか」

「ぁッ!?　ガ、ガゼル……っ!?」

ガゼルがおれの中から陰茎をずるりと引き抜くと同時に、おれの太腿を上側から抱え上げた。

こ、この体勢、全部正面のフェリクスに丸見えなんですけど!?

あんまりな格好に慌てて背後のガゼルに非難のこもった視線を向ける。だが、ガゼルはどこ吹く風だった。

「フェリクス、体勢はどうする？」

「では、そのままタクミを支えて頂いてもいいでしょうか？」

「もちろんかまわねェぞ」

「ありがとうございます、ガゼル団長」

おれを通り越して、阿吽の呼吸でやり取りを交わす二人。

いやいやいや、二人とも⁉　おれの意向が置いてけぼりですよ⁉

「っ、フェリクス……」

「タクミ、大丈夫ですから。そんなに怯えた顔をしないでください」

おれの頬をそっと掌で包み込むように優しく触れるフェリクス。

男のものにしては柔らかく、白い手だった。けれど、剣だこがいくつもできている掌は、彼が常日頃から戦いに身を置く騎士だということをありありと感じさせる。

「フェリクス……っ、あぁ！　ひっ、ぅ……ッ」

あらわになった後孔に、フェリクスが勃ち上がった自分のものを押し当てる。

熱く脈打つ肉杭が穴にぴっとりと触れると、柔らかくなったそこは、すぐにその先端をずぷずぷと呑み込んでいった。

「くっ……タクミっ、あなたの中は、すごく熱いですね……っ！　ガゼル団長のものを呑み込んでいたばかりだというのに、私のものに絡みついてきますよ……」

「ぁ、ぁあッ、んぁッ！」

フェリクスはひどくゆっくりとしたスピードで、自分の陰茎をおれの中に埋める。

もしかすると、先程までガゼルを受け入れていたおれの身体を気遣ってくれているのかもしれなかった。

だが、逆効果だ。

ガゼルに割り開かれていた身体は、とても敏感になっている。しかも発情状態はいまだに続いているのだ。それに、このスピードだと、フェリクスの陰茎の形をよりじっくりと感じ取ってしまう。

「んっ、あァッ……フェリクスっ……」

下腹部の奥が、ひどくもどかしい。

思わずもじもじと腰を揺らすと、不意に、おれの胸にごつごつとした掌が這わされた。

「ぅあっ!? ぁ、ガゼルっ……!」

「さっきはあんまりこっちは触ってやれなかったからなァ。ほら、お前ここが好きだろ?」

「そ、そんなところっ……ぁ、んぅッ!」

背後のガゼルがおれの胸の上にある尖った突起を指でつまむと、じん、と頭の奥が痺れた。

やわらかな指の腹で乳首をいじられ、ますます下腹部の疼きは強さを増した。

「ぁ、フェリクスっ……!」

「タクミ?」

乳輪を指の腹で触られる度にびくびくと身体が震えるが、それはあまりにも緩やかな刺激で、射精には至らない。

そして、おれの後孔を穿つフェリクスはというと、おれのことを気遣って緩やかに陰茎を出し入れし続ける。

まるで弱火でちろちろと煮込まれ続けるようなもどかしさに、身体の疼きは増すばかりだ。

おれは瞳に涙を滲ませながら、フェリクスを見上げ、恥を忍んで告げる。

「お……おれは、大丈夫だから。もっと強くしても、平気だから。だから、その……」

「ッ……！　タクミっ」

「う、ぁあッ⁉　んぁ、あああァッ！」

フェリクスが切羽詰まった声でおれの名前を呼んだ瞬間。

肉を打ち付ける音と共に、一番深いところまで肉杭でずっぷりと穿（うが）たれた。

「あっ、あ」

「っ、はぁ……タクミ、分かりますか？　今、ここに私のものが入っているんですよ……」

フェリクスが、そっと、おれの下腹部にその優美な指先を添えた。

そこに埋まっている自分の陰茎の形を感じ入るように、愛おしげにおれの下腹部を撫でる。

まるで、征服欲を満たすような所作でおれに触れるフェリクス。いつも優しい微笑を浮かべる彼が見せた、どこか仄暗（ほのぐら）い一面に、ぞくりと背筋が震える。

その時だった。

「なんだ、タクミ。フェリクスにおねだりとは、妬けちまうなァ？」

「ひゃっ⁉　ぁ、ガゼル、そこっ……！」

ずきり、と首筋にかすかな痛みを感じた。

首を回せば、ガゼルの艶やかなワインレッドの髪が視界の端に入る。その痛みから、ガゼルが歯を立てて、おれの首筋を甘噛みしているのが分かった。

「ガゼルっ！　そんなとこに痕つけたら、誰かに見られ……んぅっ！」

「いいだろ、見せてやれよ。タクミは俺らのもんだってなァ？」

「ぁ、ぁああッ!?　ガ、ガゼル、今それだめだってっ……！」

ガゼルは手を伸ばすと、再び勃起し始めているおれの陰茎を優しく捏ね回した。待ちわびていた快楽に、勝手に腰が円を描いて揺れてしまう。こんなのみっともないと分かっているのに、どうしても止められない。

「ぁっ、あッ、んぁあああッ！」

掌で包み込むように幹を扱かれ、かと思えば、爪先でカリカリと鈴口をひっかかれる。

その度にはしたなく腰が揺れてしまい、おれの中に陰茎を埋めたままのフェリクスが、低い声を漏らして眉根を寄せた。

「タクミっ……！」

切羽詰まった声をあげたフェリクスが、がしりとおれの腰を鷲掴むと、ぱんぱんと音を立ててピストンをし始める。

しかも、それだけではなく、フェリクスまでおれの陰茎に片手で触れてきた。

「ひぁっ!?　だ、だめだ、それっ、二人でなんてっ……んぁああッ！」

「お、すごいな。イったばかりなのに、またこんなに溢れてきたぜ」

「ガゼルっ、それだめっ……おれ、おれ、もう……ッ！」

「タクミ……ほら、私の方を見てください。今、貴方の身体を開いているのは私です……！」

「フェリクスっ、だ、だからそこ、触らなっ……ぁ、ぁあああッーー！」

二人の手で陰茎を捏ねくり回され、竿を扱かれ、先端をぐりぐりと指で弄られ、鈴口を指の腹でごしごしと擦られ——頭の中が真っ白になると同時に、おれの陰茎は再び白濁液を吐き出していた。

「ぁ、ァあ、んぁあッ！　フェリクス、おれ、今イったから、すこし待っ……ふぁっ、ああッ！」

「っすみません……ですが、私ももう我慢ができませんっ……！」

「やっ、うぁ、あっ、あああッ！」

二人の掌で扱かれたおれの陰茎は、止まることなくびゅくびゅくと精液を吐き出す。

だが、フェリクスはその間もがつがつと後孔を穿ち続けた。陰茎が引き抜かれ、そして突き入れられる度に、カリ首や先端の部分がゴリゴリと前立腺を削っていく。

射精直後で敏感になっているそこは、触れられるだけでびりびりと快楽が奔るのに、熱く脈打つ肉杭に絶え間なく抉られ、理性が弾け飛ぶ。

「ひっ、ああっ……ふっ……ひっ……」

身体の熱が引いていかない。

むしろ、精液を吐き出した陰茎は滑りがよくなって、ガゼルとフェリクスの掌の愛撫はますます激しさを増し、おれを攻め立てた。

「ぁ、こ、こんなのっ……！」

おれの陰茎は二度も精液を吐き出したというのに、再び頭をむくむくともたげてしまう。

まるで自分の身体じゃないみたいだ。

思わずいやいやと首を横に振ると、背後のガゼルがそっと低い声で囁いた。

「大丈夫だ、タクミ。ほら、全部俺らに委ねちまいな」

「ぁ、ガゼルっ……」

おれを安心させるように、穏やかな声と共に優しいキスがちゅっ、ちゅ、と音を立てて首筋や肩口に降ってくる。時折、皮膚のやわらかい部分に唇が吸いつき、甘噛みをされる。

「ああっ、あっ……んっ、くぅ……！」

「タクミ……さあ、ほら一緒にイきましょう……！」

フェリクスが一層、腰を強く打ちつける。

ばちゅんという音と共に、今までで一番強く中を穿たれた。

二度目の射精の余韻が抜けきらないうちに、三度目の絶頂に押し上げられてしまう。

「あっ、ぁッ……ぁあああぁーーッ！」

だが、おれの陰茎はもう吐き出すものはほとんど残っておらず、わずかな白濁液をぴゅるっ、と吐き出すだけだった。

「っ、タクミ……！」

フェリクスはおれが射精を迎えたとの同じタイミングで、おれの腰に自分の身体をぴったりと密着させると、最奥へと精液を吐き出した。

どくどくと身体の奥深くに熱い白濁液が吐き出される感覚に、頭の芯がぼうっと蕩けていく。

つま先をぴんと突っ張って喉を仰け反らせて、びくびくと身体が震え続ける。

「あっ……、ぁ……——」

合計三回の射精を迎えたおれは、身体に力が入らず、ぽすりと背後のガゼルに背中を完全に預ける。すると、彼は「お疲れさん、タクミ」と囁いて頭を撫でてくれた。

フェリクスもまた、身体を起こしておれに顔を寄せ、ちゅっと音を立てて額に口づけてくれる。

そして、やわらかい微笑で「少し眠るといいでしょう。貴方の身体にかけられた魔術は、今のところは治まったようですから」と言った。

「しかし、やはりタクミの身体にかけられた魔術は謎ですね……。戦闘終了後に状態異常になる魔術を仕込むなど、本当に悪趣味の極みです」

「そこはぼちぼち解明していくしかねェか。まっ、俺らは役得だけどな」

「……まぁ、それもそうなのですが。でもいつかはこのような名目なく、本当にタクミと身体を繋げたいものです」

「ふっ、それはそうだな」

高速で襲いかかる睡魔に身を委ねる直前、ガゼルとフェリクスがそんな会話をしていたが、その意味を理解するよりも前に、おれの意識は完全に夢の世界へと旅立ったのであった。

◆

「はぁ……」

「あら。タクミがため息なんて、珍しいわね」

そう言ってイーリスが、やけに婀娜っぽい仕草でおれの顔を覗き込んできた。

イーリスは女性的な口調が特徴の、赤紫色の髪を持つ黒翼騎士団の軍師だ。色白の肌にすらりとした細身の身体、そして愛嬌のある笑顔と振る舞いは、男性でありながら女性よりも女性らしく見える時がある。

おれの今日の仕事は、イーリスが担当している騎士団の事務や経理業務、その補佐だ。軍師である彼だが、こういった本来侍従が担う雑務も率先して行っている。そのため、彼とこうして二人で隊舎内の事務室で仕事をしていた。

「すまない、ちょっとぼうっとしていた。たいしたことではないんだ」

「そう？　でもキリもいいし、ちょっと休憩にしましょうか！　今日はタクミとお仕事だから、アタシ、張り切ってイロイロお菓子持ってきたのよ！」

「それは楽しみだ」

ずっと書類とにらめっこをしていたので、だいぶ肩が凝ってしまった。

おれは机の上の書類を隅の方に退け、イーリスから手渡された菓子を受け取る。

見ると、元の世界にあるマドレーヌによく似た焼き菓子だった。どうやら、果実酒を煮詰めたシロップと砂糖漬けの菫がふんだんに入っているようで、噛む度にじゅわりと口の中に甘さが広がった。常ならば少し甘すぎると感じる味だったが、書類仕事で疲れた今の自分にはちょうどいい。

「美味いな」

「ならよかった。最近、砂糖のお値段が下がりつつあるから、お菓子も手頃に買えるようになって、

「本当に嬉しいわ」

にこにことお菓子を頬張るイーリスはちょっと可愛い。

どうやらイーリスは甘いものが好きなようだ。今度、イーリスと仕事をする時はおれもお茶菓子を持ってこよう。

そう思いながら目を細めていると、ふと先程のイーリスの言葉が気になった。

「砂糖が安いって、どうしてだ？」

「もちろん、ポーションのおかげよ！　ポーションの大量生産ラインが整ったからよ」

「ん？」

あの、イーリスさん。

申し訳ないんですが、もちろんと言われても察しの悪いおれには、砂糖が安くなる理由がさっぱりなんですけど……

「ポーションをうちから仕入れたい他国が、リッツハイム魔導王国に対して関税優遇措置を取ってきたのよ。さすがに全部の輸入品ってわけじゃないけどね。だから、砂糖も最近は安く手に入るようになってきたってわけ」

イーリスはそう言って、こちらに軽くウィンクした。

「そういうことか」

なるほどなー、ようやく話の流れが分かったよ。

頭の悪いおれに分かりやすく説明してくれてありがとう、イーリス！

「この前、ガゼルとフェリクスが国王陛下から表彰されたのもそれが理由か？」

「そうねー。ポーションの錬成方法発見っていう功績は表彰される理由としては充分なんだけど、ガゼルが平民出ってことで一部の貴族サマ方から横槍が入ったみたい。でも、ポーションの輸出を条件に優遇措置を受けると、あの二人に国がなにもしてないってのはマズイでしょ？」

「他国からしたら『そんな画期的な物を開発した人間が、国から表彰を受けていないのは何故だ？』と思われるか」

顎に手を当て考え込むおれの隣で、イーリスは小さく頷いた。そして、手に持った菓子を一口頬張ってから、こちらに目を向ける。

「それもあるけど、むしろ『その程度の品物であれば優遇措置を取るまでもないはずだ』って突っ込まれることを恐れたと言った方が正しいわね」

「……ふむ」

聞けば聞くほど、このポーション開発の件で表舞台に立たないようにしておいてよかったって心から感じるぜ！

そう——対象者の怪我を瞬く間に治す魔法薬、ポーション。

この飲んでよし塗ってよしの薬の錬成方法を、ガゼルとフェリクスに教えたのはおれなのである。

まぁ、教えたといっても、ゲーム内の知識をそのまま、まるっと投げ渡しただけなんだけどね！

ゲームのプレイ知識を基にして開発したこの薬は、今ではリッツハイム魔導王国中に浸透し、大量生産を行うための農場や工場までができているほどだ。なお、このポーションの開発を行ったのは、ガゼルとフェリクスの二人ということになっている。

理由は簡単だ。

こんな怪しいポッと出のおれが作った薬なんて、皆使いたがらないだろうからね！

あと、ほら、ガゼルとフェリクスにはお世話になっているし……き、昨日もその、恥ずかしながらも、呪刀のデメリットを解消していただくために、お世話になったわけだし……

だから、おれなりに二人になにかお返しがしたかったのだ。

ポーションの開発という功績があれば、お給料とか上げてもらえるんじゃないかなー、と……思ったんだけど。

でも、今のイーリスの話を聞くと、様々な面倒事も二人に伸しかかっちゃってるよなぁ……！

本当に申し訳ない！　ごめんな、ガゼル、フェリクス……！

「でも、フェリクスのお家も、これでようやくあの子のことを認めたみたいでよかったわ」

「……うん？」

焼き菓子を呑み込んだイーリスが、ぽつりと、なんだかおかしなことを言った。

不思議に思ったおれは、目を瞬かせながら尋ねた。

「フェリクスが認められる、ってなんの話だ？」

「あら。タクミは知らなかったかしら」

「知らないな」

「フェリクスって、勘当に近い形で家を出てきているのよねぇ」

えっ⁉

イーリスの言葉が思いがけないもので、おれはびっくりしてしまう。

思わず焼き菓子を喉に詰まらせるところだった。ごくんと菓子を呑み込むと、おれは少し迷いながらイーリスに問いかけた。

「それは、おれが聞いてもいいことなのか？」

「え？　ああ、そっか。本当にタクミは知らないのね。大丈夫よ、この話なら黒翼騎士団の全員が知っていることだもの」

「そうなのか」

「むしろ、今のうちに話しておくわね。うちだけじゃなく、白翼騎士団も関わってくる話だからタクミも経緯を把握しておいた方がいいわ」

そうしてイーリスが語ってくれた話は……元の世界で『チェンジ・ザ・ワールド』をプレイしていたおれにとって、一部分は既知の話であったが、ほとんどの部分はまったく初めて聞く内容だった。

――フェリクス・フォンツ・アルファレッタ。

彼はリッツハイム魔導王国におけるアルファレッタ伯爵の三男にあたり、黒翼騎士団の中では唯一の貴族階級出身である。また、若くして副団長の地位を任せられるほど卓越した剣の腕前を持つ。

そこまでは、おれも知っている。

『チェンジ・ザ・ワールド』のストーリー内でも、彼がリッツハイム魔導王国の貴族階級出身であることは度々触れられていたからだ。

「この国における、各騎士団の特色ってのは分かるかしら?」

「ああ、覚えている」

イーリスの問いに、おれはこくりと頷く。

このリッツハイム魔導王国には、全部で八つの騎士団がある。

金翼騎士団、銀翼騎士団、黒翼騎士団、白翼騎士団、赤翼騎士団、青翼騎士団、緑翼騎士団、黄翼騎士団だ。

騎士団の主な仕事は、国防を主としたモンスターや賊の討伐から、国境警備など様々な範囲に及ぶ。

なお、騎士団自体については、身元さえ確かであれば誰でも入団は可能だ。平民から貴族、そして人族からドワーフ族や獣人族など、どんな身分や種族でも受け入れる。

ただし、その種族や出自によって、配属される騎士団は異なってくる。

たとえば、黄翼騎士団は獣人種族からなる騎士団だ。先日、黄翼騎士団のオルトラン団長にお会いする機会があったが、彼は鳥系の獣人だった。

……前からちょっと気になってたんだけど、鳥系の獣人でも『獣人』って呼んでいいんだよね?

鳥人とは言わないよね?

そんなことを考えていると、イーリスがずいっとこちらに身を乗り出し、顔を覗き込んできた。

何故だか目を輝かせ、うっすらと頬を染めている。

「そういえば、タクミってオルトラン団長とはけっこう親しいわよね？」

「ああ。オルトラン団長はいい人だ」

「あの人、ちょっと朴訥なところがあるけど、カッコいいわよね！　やっぱり獣人種の人って、人族にはない不思議な魅力があるわよねぇ……」

わ～か～る～～～！

いいよね、獣人の人たちって……！

オルトラン団長は特に、髪の毛が鳥の羽毛のようなのだ。あれは人間の髪にはない魅力がある。

いつか、オルトラン団長の頭に触らせてもらえないだろうか……

「っコホン。ごめんなさい、話が脱線したわね」

「いや、おれもイーリスの気持ちは分かるぞ」

小さく首を振ると、イーリスは目を細めて艶やかに笑った。

「ふふっ、アタシに無理に話を合わせてくれなくてもいいのよ？　えーっと、それでね、黄翼騎士団は獣人からなる騎士団で、うちの黒翼騎士団は人種、出自カンケーなしのごった混ぜ騎士団じゃない？」

「ああ」

「でね……フェリクスは元々、白翼騎士団の団長から直々に入団のお呼びがかかってたのよね」

「白翼騎士団というと、確か、貴族階級出身の団員からなる騎士団だったよな」

「そうよ。だから『お飾り騎士団』なんて呼ばれてもいるんだけどね」

「んー……それはまたちょっと後日、説明するわね」

イーリスはごまかすように笑うと、長い睫毛を伏せて、少し困った表情を浮かべた。

そういえば、『チェンジ・ザ・ワールド』でもそんな感じの話が出てきたような……なんだっけかなー。

おれは『チェンジ・ザ・ワールド』は男性か女性、どちらかの主人公を選ぶことができ、ゲーム内のキャラクターの好感度によってストーリーが分岐する。エンディングについても、最も好感度の高いキャラクターにより変化するのだ。

おれは『チェンジ・ザ・ワールド』をかなりやり込んでいたけれど、いつも最終的には女キャラクターとの好感度が高かったからなぁ。だから、男キャラの細かい設定について分かってない部分があるんだよね。

だから、ゲームをプレイしていても、こんなふうに知らないことは山程あったりする。

でも、確かに言われてみればおかしな話だ。

フェリクスは由緒正しい伯爵家の出身なのに、どうして白翼騎士団ではなく、黒翼騎士団に入団したんだろう?

「初めはアルファレッタ家のご当主……フェリクスのお父君ね。その方のご意向で白翼騎士団に入団することになっていたのよ。それに、今の白翼騎士団のリオン・ドゥ・ドルム団長は同じ伯爵家の長男だしね」

「ふむ」

とつとつと語られるイーリスの言葉に、おれは真剣な表情で耳を傾ける。

「さっき、金翼騎士団と銀翼騎士団の話をしたわよね？　その二つの騎士団に入れるのは、騎士の中の騎士……ひらたく言えば超絶エリートで、なおかつ金翼か銀翼騎士団の団員五名以上の推薦がないといけないの。そのぐらい狭き門なのよね」

「それは、かなり難しそうだな」

「そうなの。でね、多分アルファレッタ伯爵としては、フェリクスをゆくゆくは金翼騎士団に入団させたかったんだと思うわ。そのために確実なのは白翼騎士団への入団だったの」

「貴族の子息が集まる白翼騎士団なら、人脈を広げて、推薦を取り付けるための根回しができるからか」

「その通りよ！」

ぽつりと零したおれに、イーリスはぐっと身を寄せ、やや興奮した様子で言った。その勢いに内心驚きながらも、おれは真っ直ぐに彼を見返す。

「でも、フェリクスは黒翼騎士団に入団したんだな」

「……ええ。元々、フェリクスは訓練生の頃から既に『百年に一人の剣才』と言われるほど有名でね。だから、リオン団長も是非にとフェリクスを推してたの。『彼が入団してくれれば白翼騎士団の団員も触発されて、緩みきった空気も変わるだろう』って」

「その話を蹴って、そして家の意向に背いて、フェリクスは黒翼騎士団に入団したのか……」

それは、いつもの穏やかで微笑みを絶やさない好青年な彼の姿からは、結びつかないほど苛烈な行動に思えた。

……いや、そうでもないか。

フェリクスは穏やかで冷静沈着な青年ではあるが、時折、ほとばしるような激情を覗かせることがある。

だからきっと。その時も、フェリクスにとって譲れないものがあったんだろう。

「うん。フェリクスらしいな」

「……ふふっ、そんな感想が出てくるのは、タクミらしいわね」

「フェリクスはああ見えて、熱い男だからな」

「ふふ、そう言えば、確かにそうだわ。……でも、アルファレッタ伯爵はそんな気持ちになれなかったのよねぇ。白翼騎士団の入団を蹴って、平民や獣人ごった混ぜの黒翼騎士団に入団したんですもの」

しかも、白翼騎士団の団長直々のお誘いを断った形だもんなー。アルファレッタ伯爵が怒るのも想像に難くないな。

「元々、アルファレッタ伯爵は頭に血が上りやすい性質の人でねぇ。フェリクスに対して『黒翼騎士団に入団したければこの家を出ていけ！』って怒鳴ったそうよ」

「それに対してフェリクスは？」

「『分かりました。今までお世話になりました、父上』って言って、身一つで出てきたってフェリクス自身が言ってたわ」

す、すごいなフェリクス！

「アルファレッタ伯爵もまさかフェリクスが頷くと思ってなかったらしくて頭を抱えたみたいだけど、一度発した言葉を引っ込めることなんかできないじゃない。それで、そのまま勘当に近い状態で、フェリクスは実家と没交渉になってねぇ……」

「……ん？　フェリクスが黒翼騎士団に入団してどれぐらいなんだ？」

「もう五年になるかしら」

ご、五年⁉　マジですごいなフェリクス！

なにがすごいって、そんな状況でも、自分の意思を貫き通したところだよ。

おれだったら、絶対にプレッシャーに負けて周りに流されてるよ。

……当時の彼は、一体なにを思って、黒翼騎士団に入団したのだろうか？

そもそも、どうしてそこまでして黒翼騎士団に入団したかったんだろう。

いつか、聞いてみようかな。聞いてみたら、少しぐらい、話してくれるだろうか……

「話は戻るけど、フェリクスの実家との確執は、ガゼルもアタシもすっごく気にしてたの。彼がそこまでして黒翼騎士団への入団を切望してくれた気持ちは嬉しいけれど……」

そこで一旦言葉を区切り、イーリスは寂しげに笑った。

「でも、それで自分の家族と生き別れみたいな状態になっちゃうなんて、ねぇ？　アタシもガゼルも親なし子だったから、なおさらよ。自分の家族が生きているのに、離れ離れになっちゃうなんて……」

「……分かるよ、その気持ち」

おれも、元の世界からこの世界に突然やってくることになって……やっぱり時々、家族のことが気にかかるもんなぁ。

まぁ、おれは兄さんと比べてみそっかすだったから、父さんも母さんもおれがいなくなったことで寂しいとは思っていないだろうし、元気でやってはいるだろうけれどね！

でも、兄さんには最後に一回くらいお礼を言いたかったかも。まぁ、兄さんもおれがいなくとも、たいして気にしてはいないかもだけど。

不意に、細い針で心臓を刺されたみたいに胸がチクリと痛み、おれは小さく俯いた。

しばらく部屋には沈黙が落ちていたが、しんみりとした空気を打ち払うように、イーリスが殊更明るい声をあげる。

「でもね！　今回のポーション開発における功績を国から大々的に認められたことで、アルファレッタ伯爵からフェリクスに『国に貢献した功績をもって、今までの行いを不問に処す』って連絡があったんですって」

「そうなのか、よかった」

「ええ、ええ、本当に！　だから、今回のことでアタシもガゼルも本当に肩の荷が下りた気分でホッとしてるのよ」

「うん。おれも安心したよ」

「……タクミ、ありがとうね」

イーリスは目元を緩めて、優しく微笑んだ。その声は慈愛に満ちていて、おれは咄嗟に彼から目を逸らし、拳を軽く握り締めた。なんだか気恥ずかしくて、耳が熱を持っていくのが分かる。

「っ……おれは別になにもしてないぞ？　ポーションの件はガゼルとフェリクスが行ったことだからな」

「ふふっ、そうね。そういうことになってるんだったわね。でも、ありがとう」

「…………」

イーリスが流し目で含んだような笑みを向けてくる。

おれはなんと答えていいか分からず、席を立つと机に散らばった菓子のゴミや小皿を片付けてごまかした。

……そうか。

おれがポーションの錬成方法をガゼルとフェリクスに渡したことで……面倒事も二人に渡してしまったのではないかと心配していたけど、そういう影響もあったのか。

嬉しいな。おれがやったことは、おれの大事な人たちにいい出来事も与えられていたんだ。

……まぁ、そんないいことをまとめて帳消しにするような、『主人公がこの世界に召喚されない』なんていう致命的な改変も引き起こしてるんだけどね！

……いや。やっぱりどう考えても致命的すぎるな！

◆

イーリスと共に事務仕事を行った翌日からは、おれは再び黒翼騎士団の通常任務へと戻ることになった。

午前中は訓練から始まる。

木剣を持って素振りや打ち合いを行ったり、スクワットや腕立て伏せなどの筋力トレーニングを行ったりする。

こういう時、ほんっと自分の体力の無さがうらめしくなる。黒翼騎士団に入団してからしばらくは、グロッキー状態で昼飯が喉を通らなかったほどだ。

とはいえ、ずっと運動を続けるわけではない。一時間ほどで体力作りを兼ねた訓練が終わった後には、各自の配置によって別々の仕事に割り当てられる。

今日のおれの割り当ては、騎士団に寄せられたリッツハイム市民たちからの陳情書の選別だった。

内容は多岐にわたり、「南区の野菜売りの獣人の親父は、売上をごまかして税金を浮かせている」というものから、「隣の家に住んでいる女性がよくない筋の男に目をつけられたようで、力になってやってほしい」とか、「馬車の乗り合い所への行き方をもっと分かりやすくしてほしい」などど、本当に様々だ。

これらに優先順位を付けていき、緊急性の高いものは黒翼騎士団の団員が現地に向かったり、上層部に報告が必要だと判断されたものは、裏付けを取り、報告書を作成したりする。

それを正午まで行い、昼休憩の時間になると隊舎に設けられた食堂へ移動する。

そして、食堂で昼食を取った後に、午後の任務へ移る。

午後は座学だ。

これは騎士団に専門家の教師を招いて、兵法やモンスター学、薬草学などの授業を団員全員が受ける。なので、幹部以上の団員――ガゼルやフェリクス、イーリスすらもおれたちと同じく席について授業を受けるのだ。さすがに全ての座学に出席するわけじゃないが。

何故座学があるのかというと、たとえば、対人戦と対モンスター戦とでは大きく戦い方が異なる。人間とモンスターとでは、移動速度やリーチが異なるのだから当然だ。

それに、モンスターは一定の期間で新種や特殊個体が発見されるので、新しい知識をどんどん蓄えておかないと、時には命取りになるのだという。

ただ、この時間は昼食の後ということもあって、時折机に突っ伏してスリーピング状態になっている者もいる。そういう者には、しばしばガゼルの拳骨がお見舞いされる。

おれはけっこう、この座学の時間が好きだ。この世界について知らないことがまだまだあるし、モンスターの生態を学ぶのはすごく楽しい。

座学の後は、また訓練の時間だ。

午後の方は木剣での打ち合いや、集団行動訓練が行われる。刃先を潰した本物の剣で打ち合いをすることもある。

もちろん、インドア派なおれはおっかなびっくりやっている。

それが終われば、団員全員で点呼を行い、夕食を兼ねた自由時間を迎える。

自由時間になると、街へ繰り出して色街へ行く人もいれば、団員同士で連れ立って飲みに行く人もいる。

団員の休養日はずらして組まれているので、明日が休養日の団員と、そうでない団員がいる。

でも、明日任務があってもかまわず飲みに行く人は飲みに行くし、色街にだって行く。だから隊舎にそのまま残る人はほとんどいない。

「タクミ君は外に行かないのかい？　明日はせっかくの休養日なんだろう？」

「タクミちゃんはクールだよなー。酒も飲まないし、色街にも行かねーし」

おれも明日と明後日が続けて休養日ではあるが、外に出かけるつもりはなかった。

そんなおれを、周りの団員さんたちが「真面目だなぁ」「若いのにタクミちゃんはストイックだねぇ」と感心したように言ってくれるが、まったく違う。

単純に、一日の訓練で身体がクッタクタで、出かける気力がないんですよ……！

あの怒涛の訓練の後で、皆はよく「よっしゃー、飲みに行くぞー！」「色街のアンナちゃんを今日こそ振り向かせてみせるぜ！」なんて気力が湧いてくるね？　感心を通り越して感動すら覚えるよ！

黒翼騎士団の人たちって、幹部じゃない一般団員ですら本当に強いんだよなぁ……

うーむ、さすがバトルジャンキーの巣窟だ。

そんなこんなで、おれは外にくり出す皆を見送ると、食堂を出て、自分の相部屋へ戻ることにした。

黒翼騎士団の隊舎には大きな運動場があり、その奥に進むと分かれ道に出て、L字型の建物と長方形の建物の二棟が現れる。L字型の建物の中には一般団員が寝泊まりしている部屋や食堂、共同浴場があり、もう一方の建物は役職持ちの団員が住んでいる。

その右手には厩舎（きゅうしゃ）、武器庫、食糧庫などの倉庫が並んでおり、自室の窓から外を見ると、こんな時間でも厩舎（きゅうしゃ）の方に人影が見えた。馬の世話係の人だろうか。

何の気なしにそのまま厩舎（きゅうしゃ）の方を見ていたおれは、ふと、その人影がよく見知ったものであることに気がついた。

少し迷った後に、おれはくるりと回れ右をして玄関へ向かった。

入れ違いになってしまったらその時はその時だと思ったが、幸い、おれが厩舎（きゅうしゃ）に辿り着いた時、彼はまだそこにいた。

「――フェリクス」

「っ……タクミ？」

「こんな時間に厩舎（きゅうしゃ）でどうしたんだ。なにかあったのか？」

おれの思った通り、そこにいたのはフェリクスだった。

いきなり背後から声をかけてしまったせいか、驚いた表情を浮かべてこちらを振り返る。フェリクスは、黒を基調とした隊服のままではあるが、肩章（けんしょう）は外しており、袖を二の腕まで捲（まく）っている。

その手には、馬をブラッシングするための櫛が握られていた。

いつもカッチリと隊服を着込んでいる彼にしては、ちょっと珍しいくらいラフだ。

「隊舎からフェリクスが見えてな。驚かせてすまなかった」

「いえ、そんなことは……」

フェリクスに近づくと、厩舎から馬と干し草の薫りが漂った。

馬はおれに我関せずといった顔のものもいれば、興味津々に顔を向けてくるもの、おやつを期待し爛々とした目を向けてくるものと様々だ。

フェリクスがいたのは、彼の愛馬の前だった。おれが傍に近づくと、ふんふんと鼻を鳴らしてこちらに顔を向けて、おれの頬をべろりと舐めてきた。

すると、隣に立っていたフェリクスが慌てて口を開く。

「す、すみませんタクミ。こら、やめなさい」

「これぐらい大丈夫だ。可愛いな」

「申し訳ありません……あまり私以外には懐かない奴なのですが」

「おれはフェリクスに何回も一緒に乗せてもらってるからだろう。それよりも、なにかあったのか？」

おれはやんわりとフェリクスの愛馬から距離を取ると、彼を見上げて尋ねた。

フェリクスは少し気まずそうな表情を浮かべて、目を伏せた。長く繊細な睫毛が彼の頬に影を落とす。

「いえ、その……誤解させてしまったのなら申し訳ありません。ここに来たのは、ただの私の気晴らしなのです」

「……気晴らし？」

思ってもみなかったフェリクスの言葉に、おれはきょとんとしてしまった。

「ええ、そうです。その……私は実は馬が好きなのですが」

まぁ、それは彼の愛馬がなおもフェリクスに向けている「かまってかまってご主人さまー！」「もっとあそんであそんでー！」と言いたげな、甘えるような視線を見ていれば、なんとなく分かる。

「本来は私は馬の世話が好きで、騎士団に入団した直後なんかは志願して自分から厩舎係をやっていました」

「自分から」

「ええ。ですが、副団長に就任してからは公にそういった仕事をすることができなくなってしまいまして……」

た、確かに、副団長に馬糞の始末や、藁草の交換をやらせるわけにはいかないよな……

本人が好きでやっていても、もしかするとよその騎士団に見られたら、フェリクスや黒翼騎士団自体の悪い評判に繋がるかもしれないもんなぁ。

「それで、皆がいなくなった後にこっそりと？」

「っ、も、申し訳ありません……」

夕闇が迫って辺りが薄暗くなっているため分かりづらいが、それでも、フェリクスの頬がピンク色に染まっているのが分かった。

「ふっ。何事かと思ったが、そういうことか」

「いらないご心配をおかけしました……」

「いや、おれも早とちりをして悪かった。それにしても、フェリクスにも可愛いところがあるんだな」

「か、からかわないでください。まさかタクミに気がつかれるとは思ってもみなかったのです」

ちょっと恥ずかしそうに頬を染めているフェリクス。そんな表情をしていると、実年齢よりも幼く見える。

珍しい彼の反応に、もうちょっとからかいたい気持ちが湧き起こったが、このくらいにしておいた方がよさそうだ。

「まぁ、大事ないならよかった。それよりフェリクス、明日は仕事か？」

「いえ、明日は休養日ですが……」

「なにか予定はあるのか？」

「今のところは、特に」

おっ、よかった。

一応、各団員の休養日は隊舎に張り出されてるから知ってたんだけど、記憶違いがあったらいけないから念の為に聞いたのだ。

フェリクス自身に予定がある可能性も考えていたが、それもないという。

「おれも明日は休養日なんだ。今日のことは二人の内緒にするからさ、よければ明日はおれに付き合ってくれないか？」

そう何気なく誘うと、フェリクスはハッと目を見張り、小さく尋ねる。

「それは……よろしいのですか？　私はもちろん嬉しいのですが」

「外に行って買い物をしたかったんだが、まだあまり街に慣れてなくてな。だから、案内をしてもらえると嬉しい」

「そういうことなら、私でよければ喜んで。でも、それではただの私の役得ですね。秘密にしていただけるだけではなく、デートのお誘いまでいただけるとは思ってもみませんでした」

フェリクスは目を細め、喜色をあらわに顔をほころばせた。

んんんっ⁉　デ、デート⁉

ち、違うよ⁉　おれはただフェリクスと二人で一緒に出かけようと誘っただけで……あれ⁉

二人きりで出かけるならデートかこれ⁉　あれ⁉

「こんなことなら、もっと早めに貴方に見つかっておけばよかったですね」

「っ……また、そんなことを言って人をからかって……さっきのお返しか、フェリクス？」

「ふふっ。貴方のお誘いを嬉しく思っているのは本当ですよ。明日、貴方をエスコートさせていただけるのが楽しみです」

慌てるおれを尻目に、フェリクスはアメジストによく似た紫瞳を細めて、からかうような笑みを向けてくる。やっぱり、さっきの意趣返しらしい。うーむ、まいった。

やっぱりフェリクスの方が一枚も二枚も上手だなぁ。

「そもそも、隠れてやる必要はないだろ。自分の愛馬の世話ぐらいなら、昼間のうちにやったって、誰もなにも言わないさ」

「ええ、そうですね」

「だから、ほら。そろそろ隊舎に帰ろう。外も冷えてきたしな」

「……はい。あの、タクミ」

「なんだ」

「ありがとうございます」

フェリクスは噛み締めるようにそう口にすると、切なげに瞳を揺らした。おれは黙ったまま彼の目を真っ直ぐに見返す。

この時間にフェリクスがここにいたのは、多分、愛馬の世話をしたかったことだけが理由ではないのだろう。フェリクスは、気晴らし、と言った。

彼の中でなにか……気晴らしをしたい、一人きりになりたいなにかがあったのだ。

だから、こんな時間にここにいた。

……もしかすると。明日のお誘いも、余計なことだったのかもしれない。

でも、なんだか珍しく沈んでいるように見えるフェリクスを、おれが一人にしておきたくなかったのだ。

………いや、でもやっぱり余計なお世話だったかなぁ⁉

やばい、今更めちゃくちゃ心配になってきた……

フェリクスが「明日は『予定がなにもない』という予定があります。つまり、誰になにを言われようが部屋から一歩も出ないかまえです！」って思ってたとしたらどうしよう⁉

いや、フェリクスはおれみたいなオタク系引きこもり派じゃないだろうから、大丈夫だとは思うんだけど……！

うう、とりあえず明日だ！

明日は、フェリクスの気晴らしができるように頑張らないとな……！

◆

そして、翌日。おれとフェリクスは城下町へと繰り出すことになった。

何故下町ではなく城下町かというと、この世界では、おれの平々凡々な黒髪黒目の容姿はめちゃくちゃ珍しいらしいのだ。

なので、外に買い物に行く時はもっぱら比較的治安のいい城下町へ行っている。いつか下町にも行ってみたいんだけどね。でも、下町だと周りに騒がれる可能性があるということで、ガゼルとフェリクスからなかなか許可が下りないのだ。

けど、おれの容姿がどの程度レアなのか、いまだによく分からないんだよねー。

それというのも、騎士団の皆はおれに慣れっこになっているので、今更黒髪黒目ってことで騒ぐような人は誰もいないし。

そして、おれはあまり騎士団の敷地外に出ない。

いやぁ、異世界に来ようがなんだろうが、根っからのオタク系引きこもり人間の性質はそうそう治らなかったぜ！

なお、この世界では鮮やかで明るい髪色が一般的で、具体的には赤や緑が最も多く、その次に青系や紫系という順で少なくなっていく。

このリッツハイム魔導王国では、黒髪黒目の人間というのは、歴史上たった一人しかいないそうだ。

うーん。『チェンジ・ザ・ワールド』では、召喚された現代人の主人公が、黒髪黒目ってことで色んな人から興味をもたれてアプローチされてたけどさ……

でもさ、おれ、この世界に来て三ヶ月以上経ったけれど、女の子から「黒髪黒目なんて珍しいですね！　ステキ！　カッコイイ！」とか言われて、声かけられたことなんか一度もないんだけど？

なんで？　黒髪黒目って珍しいんじゃなかったの？

これじゃ評判倒れじゃない？

「フェリクス、おれの髪と目って珍しいんだったよな？」

「ええ、そうですね」

「でも城下町ではあまり騒がれないよな」

「この辺りを利用しているのは貴族階級の人間ですからね。道端で大声をあげるなど上流階級の人間がすることではないと幼い頃から教えられていますから」

「なるほど……」

そこでおれはふと、隣に並ぶフェリクスを見上げた。

彼はおれと目が合うと、やわらかく微笑んで「どうしましたか？」と首を傾げる。

フェリクスもおれも休養日なので、騎士団の訓練服や隊服は着ていない。

フェリクスは生成色のシャツの上に、シックな茶色のベストとパンツを合わせている。その上から白いフードのついた上着を羽織り、腰にはいつもの長剣ではなく、短剣をベルトに吊って提げていた。そのクラシカルな装いは、金糸のような髪と紫水晶の瞳を持つ彼にはとてもよく似合っている。

……ふっ、なるほどな。

おれが隊舎の外に出る時は、大抵ガゼルかフェリクスが一緒だ。時にはガゼルとフェリクスの三人で出かける。

だから――こんなに見目麗しい青年が歩いていれば、そりゃ皆、そっちに目を奪われるよね！

黒髪黒目がちょっと珍しいだけの平々凡々な男なんざ、どうでもいいに決まってるよ！

おれの傍らにこんな爽やか系イケメンがいれば、みんなフェリクスの方しか目に入らないだろう。

謎が解けたぜー！

っていうかうちの副団長様、かっこよすぎだな⁉

ちなみに今、舗道ですれちがった貴族のお嬢様っぽい女の子たちも「今のお方、格好よかったですね！」「素敵なお二人でしたわね！」「もしかして恋人同士かしら……」と頬を染めながらこそこそ内緒話をしていた。

ふふん、そうだろうそうだろう。うちの副団長ったらかっこいいよなー！

そんなことを考えていたら、フェリクスがおれに話を振ってきた。

「タクミはなにか欲しい物があるのですか？」

「そうだな。色んな店を見て回りたいが、菓子を売っている店があるなら行きたい」

「お菓子ですか？」

目を瞬かせながら尋ねるフェリクスに、おれはしっかりと頷く。

「この前、イーリスと一緒に仕事をしていたら彼がくれたんだ。だから、おれもイーリスにお返しをしたいと思って」

「そうでしたか。では、歩きながらいいお店があれば入ってみましょうか」

「頼む」

「ちなみに、タクミは甘いものが好きなのですか？」

「ああ、けっこう好きだぞ」

小さく笑いながらフェリクスを見上げると、彼は目を丸くした。眩しそうに目を細めると、穏やかな口調でゆっくり口を開く。

「そうなのですね、意外でした。……覚えておきましょう」

そうして、おれたちは二人で並んで城下町を歩いた。

城下町は大通りの両側に様々な色合いの建物が並び、道路には等間隔で金色の街灯が置かれている。

何度かここを訪れているが、日が沈んで街灯にほのかな明かりがつくと、この通りはとても幻想的な雰囲気になる。

だが、昼間は昼間でいいものだ。

カラフルな建物や、店頭に並んだ珍しい品々を眺めているだけでも心が浮き立つ。それに、通り過ぎる人の姿を見るのも楽しい。

騎士団にも人間族以外の人がいるけれど、城下町にはさらに色んな人がいる。ひと目で貴族と分かる豪奢な格好のおば様もいれば、ドワーフの老夫婦がいたり、かと思えば頭に角が三本も生えた呼び込みの人から声をかけられたりもする。

「いらっしゃいませ！　お兄さんたち、どうですか？」

おれとフェリクスが足を止めたのは、生鮮食品などを扱っている通りにある、一つの店だった。

焼き立ての小麦の香りが芳(かぐわ)しいパン屋、宝石みたいに色とりどりの果実や野菜を並べている店、店先に絞めた鶏を吊るして並べている肉屋など、色々な店が並んでいる。また、道の途中には台車に屋根をくりつけたような移動屋台で花を売っている人がちらほらといる。

おれは店の前にいた三本角の生えたお姉さんに「見せてくれ」と声をかけると、店に入らせてもらう。

店に入った瞬間、砂糖とバターの焦げる、なんともたまらない香りが鼻腔をくすぐった。

フェリクスと二人でケースに並ぶ焼き菓子を見ていると、この前、イーリスが買ってきてくれたものと同じお菓子が並んでいた。

「ああ、この菓子だ。イーリスが買ってきてくれたものは」

「……ずいぶんと甘そうですね」

「まぁ、甘いな。でも、仕事中の間食にはそれぐらいでいいんじゃないか？」

「なるほど」

「だが、イーリスが買ってきたものと同じものを礼として渡すわけにはいかないな」

「別の店に行きましょうか？」

「いや……せっかくだし、自分用に買おうかな。イーリスへのお返しは別に買うとしよう」

イーリスがくれたお菓子とは別のフレーバーがあったので、そちらの焼き菓子を買ってからおれたちは店を出た。

さて、次はどこへ行こうか。

「――あれ、フェリクス様じゃないかい？」

「フェリクス坊ちゃま！　なんと、まさかこんなところでお会いできるとは」

すると、店を出た瞬間にフェリクスの名前が呼ばれた。

振り返って見れば、隣のパン屋の前を通りかかった使用人っぽい服装の壮年の男女が、フェリクスのことを見て驚いたような顔をしている。二人ともかなり小柄で、背丈がおれの腰ほどしかない。

もしかしてハーフエルフだろうか？

フェリクスに目を向けると、彼もまた驚いた顔で「なんと、奇遇ですね」と二人に応えた。

「フェリクス坊ちゃま、お元気そうでなによりでございます」

「久しぶりですね、二人とも。私は今、黒翼騎士団の新しい団員に、この街を案内していたところなのです。タクミ、彼らは私の実家の使用人たちでして……」

おれは二人に名前を名乗り、フェリクスにはいつも世話になっている、と頭を下げた。二人ともおれ以上に深々と頭を下げて自己紹介をしてくれた。

彼らはなんと、フェリクスが生まれるよりも前から、彼の実家であるアルファレッタ家で使用人として働いているらしい。

「フェリクス様！　もしかして、伯爵家へお戻りになる決心がついに……」

「二人とも。申し訳ないが、その話はやめてくれ」

珍しくフェリクスは険しい顔で二人の話を遮った。

その様子にちょっと驚いてしまう。

フェリクスが誰かの話を途中で遮るなんて、初めて見た。

「で、ですが、フェリクス様。伯爵様のご容態は一日ごとに悪くなるばかりなのです。フェリクス様、どうしても戻ってきてはくださらないのですか？」

「っ、私は……」

二人はうるうると瞳に涙を溜め、懇願するような口調でフェリクスを見上げる。

険しい顔つきだったフェリクスも、二人の様子にさすがに戸惑った顔に変わった。これも彼にしては珍しく、なにを言えばいいのか分からない、という表情である。

おれは少し考えた後、フェリクスを見上げると、彼を安心させるように頷いてみせた。

「フェリクス。おれはあっちで待っているから、少し話をしてきたらいい」

「……よろしいのですか？　では、十分ばかりいいでしょうか。すぐ済みますから」

「ああ。隣の店を見てるから、気にしないでくれ」

二人とフェリクスの話は気になるが……このタイミングでおれが聞くべきではないだろう。

フェリクスがおれに話してもいいと、話したいと思ってくれたなら、その時には彼の方からちゃんと言ってくれるはずだ。

恐縮しきった様子の使用人の二人にも「おれのことは気になさらず、どうぞ」と声をかけてから、パン屋の隣にある果物店へと向かった。

おれが離れた後、三人が建物の壁際に移動して話し込み始めるのが、視界の端にちらりと見えた。

――さて。

果物屋の店先に並んでいる商品は、おれの元いた世界でも広く親しまれているものもあれば、どうやって皮を剥くのかサッパリなものもあった。

そういや、こっちの世界に来てから果物とかそんなに食べられてないなぁ。あそこのピンク色の果物とか美味しそうだし、一つ、自分用に買ってみようかな。

おっ、ドライフルーツも売ってる。イーリスのお返し、ドライフルーツでもいいかもな！　試しに買っておこうか。

そうして、店の人に声をかけるかかけまいか悩んでいると、ふと白銀髪の長身の男性が目に入った。背中まで真っ直ぐに伸びた髪がさらりと風に靡(なび)いて、「きれいだなー」と思わず見入ってしまう。

彼はおれから少し離れた位置で果物を眺めていたのだが、その彼に、向かいから人の流れに逆らうようにして歩いてきたおじさんがぶつかった。

「ワリィ、急いでてな」

「………」

顔を隠すように帽子を深くかぶったおじさんは、悪いと謝りながら、それでも歩みを止めず足早に歩く。

対して、ぶつかられた白銀髪の男性は、ちらりとおじさんを視線で追ったものの文句を言うことも頷き返すこともなく、ただ沈黙を返しただけだった。

だが、その二人はどちらとも気づかなかったようだ。

少し汚れた茶色いジャケットのおじさんのポケット。

そこから、ぶつかった衝撃のせいか、一枚の銀色のコインが零れ落ち、そのまま地面に落ちてしまったことに。

通りを行き交う周りの人々も、落ちたコインに気づいた様子はなかった。

この喧騒だ。誰も地面になんて気を留めないだろう。

うん。そうとなれば、おれが教えてあげないとな！

「おい、ちょっと待て」

おれの方にコロコロと転がってきた一枚のコインを拾い上げ、おじさんに声をかける。

「っ……！」

——が。

なんと、おれが声をかけた瞬間、おじさんはハッと顔を強張らせて、そのままクルリと背を向けて脱兎のごとく駆け出した。

って、ええええーーーー⁉

な、なんで⁉　ちょっ、おじさん⁉

コイン！　コイン、落としてますよー！

いきなり走り出したおじさんに、白銀の髪の男も訝しげな顔をする。

が、ハッとなにかに気がついた表情を浮かべると、慌てた様子で自分の上着のポケットをまさぐり始めた。いや、別に貴方は落とし物はしてませんけどね⁉

おれは白銀髪の男をちらりと見る。すると、一瞬、彼と視線が交差した。

色素の薄い、アイスブルーの瞳。白銀の髪とあいまって、まるでおとぎ話に出てくる氷の魔女のようである。怜悧な切れ長の瞳とシャープなラインの顔立ちは、どこか神経質そうな印象を受けたが、それでも充分に美形の類だ。

だが、彼に声をかけているヒマはない。

今この瞬間にも、落とし物をしたおじさんはみるみる遠ざかっていくのだ。あの年齢の割に、なんていう脚力なんだ……！

こうしてはいられない！　早く行かねば、おじさんへ落とし物を届ける前に見失ってしまう！

おれは慌てて駆け出した。おじさんを追って走り始めたおれの背中に、「君、待て！」と白銀髪の男性が叫んだが振り返る余裕はない。

あ、そういやフェリクスになにも言ってこなかったな。

でも、おじさんに落とし物を届けてすぐに戻ってくれば、大丈夫だよね！

ま、おじさんに声をかけてたら、それこそおじさんを見失っちゃいそうだったしなぁ……。

……だが、そんな見切り発車の判断で飛びだしたことを、おれはすぐに後悔した。

やばい。おれ、この世界の一般人の体力指数ナメてたわ。

おじさんに全然追いつけないいんですけど!?　一般人ですらこんなに体力あるのかよ!?

そう。おじさんは、その外見から想像もできないほどの脚力の持ち主だったのだ。

しかも意味不明なことに、おれが走りながらその背中に「おい、止まれ！」とか声をかけても、全然止まってくれないし、それどころかおれを撒くようにどんどん狭い路地に入っていくのである。

一体、どうしてしまったんだろう？

もしかして、足を止めることすら惜しむような急ぎの用事があるんだろうか？

でも、少しぐらいはこっちを振り返ったり、躊躇(ためら)う素振りを見せてくれたりしてもいいもんじゃない？

走ることに夢中で、おれの声が聞こえてないのかなぁ。

おじさんを追って走り続けたおれは、いつの間にか、ひと気のない通りへと足を踏み入れていた。

こちらは、いわゆる大通りの「裏側」に位置するところなのだろう。

区画整理されたきらびやかな大通りとは違い、ここは大人がやっと二人並んで歩けるぐらいの幅しかない。左右に並ぶモルタルの建物からは、まるでこちらにのしかかってくるような重圧を覚える。

おれは、走り続けていた足をようやく止めた。

何故なら、おじさんの足も止まったからだ。

そう——おれとおじさんの前には、壁が立ち塞がっていた。壁というか、モルタル造りの建物が道を塞いでいるのだ。

「ふっ……行き止まりのようだな」

ようやく追いかけっこが終わったことに、思わず安堵の笑みを零しつつ、おじさんに話しかける。

さーて、あとはこのコインをおじさんに返すだけだ！

「……テメェ、よく分かったな」

「なに、ただの偶然だ。今回は運が悪かったな」

向かい合ったおじさんに、一歩ずつ近づいていく。

コインを落としちゃうとか、運が悪かったですね、おじさん！

でもできたら、今度からはちゃんとお財布に入れた方がいいと思いますよー。今回はたまたま、おれが気づいて拾えたからよかったけどさ！

そう思いつつ、コインを渡そうとしたおれを――おじさんは、何故か憎々しげにギロリと睨みつけてきた。

「チクショウ、舐めやがって！」

おじさんはそう怒鳴ると、ジャケットの裏地からナイフを取り出し、その切っ先をおれに向けてくる。

って、なんでーーーー⁉

な、なに⁉　なにが気に食わなかったの⁉

あっ、もしかしておれが年上の方に対して敬語を使えてないこと⁉

すみません、追いかけっこのせいで体力が底を尽きかけてまして、敬語を使う余裕がなくてですね……！　言い訳ですかねすみません！

で、でも、だからってナイフはさすがにダメだと思いますよ⁉

「オラァ！」

「っ……！」

ナイフを片手におれに突っ込んできたおじさん。その突進を避けるべく、慌てて身体を横にずらして躱した。

が、その瞬間。完全に避けきれなかったおれは、片足だけをおじさんにぶつけてしまった。ちょうど、おじさんの向こう脛をつま先で思い切り蹴り上げた形だ。

おじさんは体勢を崩し、「ぐぉっ!?」と声をあげて地面に転がった。

しかも、運悪くおじさんが倒れ込んだ先には、いくつもの酒樽が積み上がっていた。

ここが狭い路地だったのも災いし、壁に沿って積み上がっていた樽に、おじさんは頭から思い切り突っ込む。

「ぐぅおおおっ!?」

大きな音を立てて、積み上がった樽に突っ込んだおじさんは――

突っ込んだまま、まったく動かなくなってしまった。


「………………」

……えっ。

ちょっ、え? お、おじさん?

恐る恐る、おじさんに近づく。辺りには、おじさんが突っ込んだ衝撃でゴロゴロと樽が転がり、散乱している。

しばらく様子を見ていると、おじさんの身体がぴくぴくと動き始め、呻(うめ)き声をあげた。

よ、よかった! 死んだわけじゃないな……!

ほぅと安堵の息を吐いていると、なにか銀色に鈍く光るものが地面に落ちているのに気がついた。

見れば、先程おじさんが持っていたナイフである。おれはそのナイフを拾い上げ、まじまじと眺めた。

えーっと……これは、折りたたみナイフか。

でもこれ、どうやって折りたたむんだ？　元の世界の折りたたみナイフと勝手が違うな。

こっちをいじるとここにナイフがしまえるけど、これだとすぐに刃が出てきちゃうよな？

あっ、分かった！

これをしまった後で、この留め金を手前に引っ掛ければいいのか。

でも、このナイフどうしよう？

おじさんのものだから、おじさんに返すべきなんだろうけど、こんな「年上の人間に敬語が使えない若造はぶっちＫＩＬＬ！」なんてファンキーすぎるおじさんに返して、はたして大丈夫なんだろうか？

どうしたものか、とナイフを片手に思い悩む。

すると、そんなおれの耳に、

「これは……まさか、君が？」

——愕然とした男性の声が聞こえた。

ハッと声の聞こえた方向に顔を向ける。そこには路地の入り口で、驚きに目を見開いてこちらを見つめる、先程の白銀髪の男性の姿があった。

「っ……!?」

い、いや、落ち着け！

ここはいったん冷静になって今の状況を客観的に見てみよう！

①　樽に突っ込んだ状態で、気を失っているおじさん。
②　その傍らでピンピンしているおれ。
③　なお、おれは凶器（折りたたみナイフ）を片手に佇んでいる状態である。

……終わったーーーーーー！

どう見ても百パーセント有罪ですね、ありがとうございました！

いっ、いや、おじさんが樽に突っ込んだのは、確かにおれが一因でもあるかもしれない！

だが、違うんだ！

この状況だと、どう見ても「おじさんを路地裏に引きずり込んで気を失わせた挙げ句、ナイフでさらに凶行に及ぼうとしている男」にしか見えないかもしれないが、違うんです！

ぐるぐると混乱したまま、なんとか身の潔白を示そうと口を開く。

が、その前に、白銀髪の男性がおれたちの元にかつかつと靴音を立てて歩み寄ってくる。

そして、おもむろにおじさんの傍らに跪くと、彼のジャケットをごそごそとまさぐり始めた。

んん……？　なにをしてるんだ、この人？

「……あった。ふむ、油断していたとはいえ、この私から盗むとはたいした腕前だな」

おじさんのジャケットの内ポケットから男性が出したもの。それは、おれが持っているのと同じような小さな革袋のお財布であった。

だが、その財布はおれのものよりもズッシリとはるかに重そうだ。

って、え？

な、なに？　この人、おじさんのポケットから財布を抜いてなにしてるの？

ぽっかーんと口を開けて男性を見つめるおれ。

男性は優雅な仕草で立ち上がると、羽織っていた上着に財布をしまい、おれの方へと向き直った。

しかしよく見ると、この人、本当に美形だなぁ……

服や装飾は彼の冷たい美貌に合わせて白と紺で揃えられ、シャツの襟や上着の袖口には銀の刺繍が施されている。一目で上等な品だと分かった。

フェリクスが白馬の王子様タイプだとしたら、彼はさしずめ悪の参謀や幹部タイプの美形だなぁ。

男性の美しさに素直に感心していると、ふと違和感を覚えた。

……ん？

あれ。なんか彼、見覚えがあるような……

「ありがとう。それにしても、君の観察眼はたいしたものだな。情けないことに、私は君が駆け出すまで財布をすられていたことに気づいていなかったよ」

…………？

…………はい？

「このスリはまだまだ余罪がありそうだ。君さえよければこのままこの男を騎士団へと連行するが、いいだろうか？」

「……ああ、かまわない」

なんとか言葉を絞り出して、男性の質問に答える。

えーっと……スリ？

このおじさんが、スリだったたってこと？

てことは、おじさんと白銀髪の男性がぶつかった時に、この人の財布がおじさんにスられていたってことか？

で、それに気がついた男性が、おれたちの後を追ってこの路地裏にまで来た……そういうこと？

あっ、だからおじさんはいきなりおれにナイフを向けてきたのか⁉

おれがおじさんを捕まえに来たと勘違いして、それであんな暴挙に出たってことか！

なるほど……いや、おれもおかしいとは思ったんだよ。「年上の人間に敬語を使えないとはどういうことだ！」ってそんな些細(ささい)な理由で、一般人がナイフを向けてくるとか。

思わず「この世界はやっぱりどこまでいってもバトルジャンキーしかいないのか？　一般人ですらそんなバトルマニア思考なのか？」と思いかけたが、幸いなことにそうではなかったらしい。

なーんだ、そうだよね！

異世界といえど、そんなバトルマニアがそんじょそこらにいるわけがない。

ふっ……おれもいつの間にか、黒翼騎士団の皆の思考に毒されていたみたいだな。やれやれだぜ。

「だが……君は何故、見ず知らずの私のためにここまでしてくれたんだ？　下手をすれば君の方が怪我をしていたかもしれない。こういったことは慎んだ方がいい」

白銀髪の男性がおれの顔を気づかわしげに覗き込んでくる。

あ、うん。

やっぱりこの世界、思考がバトルマニアのそれだね。

あのですね、スリだって分かってたら、フェリクスに真っ先に助けを求めてましたよ⁉

おれはただ落とし物を届けようと思って、おじさんを追いかけただけですから！

「スリを追いかけるつもりはなかった、ただの偶然と成り行きだ」

「成り行き……？」

おれの言葉に、困惑に満ちた表情を浮かべる白銀髪の男性。

まぁ、わけ分からないよな。おれもいまだに意味が分からないもん。

落とし物を届けようと思っただけなのに、その人がいきなりナイフを取り出してこっちに突っ込んできた挙げ句に気絶。しかもスリの常習犯だったとか、おれの理解力を超えてる。

当事者のおれでさえこうなんだから、この男性が困惑する気持ちも分かるよホント。

そんな男性に対して、おれはいまだに手にしていた折りたたみナイフと、一枚のコインを差し出した。

男性は相変わらず困惑した表情のまま、それらを受け取る。

「これは……？」

「そこで気を失っている男の物だ。貴方から彼に返しておいてくれ」

「ナイフは私の方で没収（ぼっしゅう）するが……その、このコインは？」

「それも彼の物だ」

「……あの男は、恐らく他にも余罪があるだろう。このコインも盗んだ物かもしれない。それでも、君はこれをあの男に返すというのかい？」

「盗んだ物なら貴方が没収するべきだと思うが、もしかするとこのコインは本当に彼自身の物かもしれない。なら、彼に返しておくべきだろう」

「…………律儀なんだな、君は」

男性はぽつりと呟いて、掌のコインを握り締めた。驚きと困惑が入り混じったアイスブルーの瞳を向けられる。

おれはそんな彼に肩を竦めると、その隣をすり抜けて路地から出ようとした。

――が、男性の横を通り過ぎる前に、腕を掴まれ、引き止められる。

「……なんだ？　もうおれはなにも持っていないぞ」

彼を振り返り、首を傾げて尋ねる。男性はうろたえた様子でこちらを見つめ、おれの腕を掴む手に力を込めた。

「そ、そうではなくて……どこに行くんだ？　これから、あのスリを騎士団に連行する。そうすれば君も報奨金が貰えるぞ」

「それは魅力的な話だが、あいにく、連れを待たせているからな」

報奨金はたいっへんにありがたいが、今は待たせてしまっているフェリクスの方が気になる。

それに、おれは本当にたいしたことしてないんだよね……

あのおじさんが突進してきて、転んで、樽に突っ込んだだけだから、なかば自滅みたいなもんだしなぁ。

それをあのおじさんが騎士団で証言したら、「なんだ、お前なにもしてないやんけ！　じゃあ報奨金はナシな！」ってことになるんじゃないだろうか。

だから、そうなる前にここは自分から辞退させていただこう。

おれは頭を横に振り、彼に掴まれている腕を軽く引いた。しかし、彼はどこか必死な表情を浮かべて、おれの腕を掴んで離さない。

「急いでいるのか？　なら住んでいる場所を教えてくれれば、後日、私が報奨金を届けに行こう」

「気遣いは感謝する。だが、おれにはそんな資格はないからな」

「だが、その……」

いや、本当におれ、なにもしてないんですよ。

あのおじさんが目覚めた後、聞いていただければすぐに分かると思いますよ。おれが報奨金とか貰うほどの働きはしてないってこと。

「では……では、せめて……せめて名前だけでも教えてくれないか？」

「……タクミだ」

おれは縋（すが）るようなアイスブルーの視線を受けながら、やんわりと彼の指をほどくと、路地から出るために歩き始めた。

途中、背後から「タクミ……」と、彼がおれの名を呼ぶ声が聞こえてきたが、振り返ることはしなかった。

すみませんね。だっておれ、フェリクスをめちゃくちゃ待たせているんだ……！

やばい。十分ぐらいで済むかと思ったのに、けっこう時間経っちゃってるよねコレ。

い、一時間は経ってないけれど、三十分くらいは経っちゃってるかな……？

うわー、フェリクス、ごめん！　本当にごめん！

ダッシュで戻るから！　おれの生涯でもっとも全力を注ぐ疾走で帰るから！

そして戻ったら、今度こそジャンピング土下座するね！

いいや、させてください！

◆

おれがさっきまでいた果物屋の前に駆け足で戻ると、そこには心配げに辺りを見回すフェリクスがいた。心なしか、顔が少し青ざめている気がする。

「――タクミ！」

フェリクスはおれに気づくと、今にも泣きだしそうに顔を歪めた。

ご、ごめんフェリクス……

「フェリクス、すまな――」

開口一番、とりあえず言い訳はせずに謝罪アンド土下座をしようと思っていたのだが、それは叶わなかった。

言葉の途中で、こちらに走り寄ってきたフェリクスが、おれを真正面からその腕の中に抱きしめたからだ。

ちょ、ちょっ⁉ フェ、フェリクスさん⁉

こ、こここ、ここ、往来！ 幸い、店の中とかじゃないし、人の通行の邪魔にはなってないけど、でも、めっちゃ見られてるよ⁉

「タクミ……心配しました」

「フェリクス……」

切なげな声をあげて、おれの頭に頬を摺り寄せるフェリクス。

うぐっ！

そ、そう言われると、無闇に恥ずかしいから離してほしいとも言えないな……

少し迷ったが、フェリクスに心配をおかけしたお詫びとして、彼のいいようにさせることにした。

フェリクスとの身長差のせいで、ちょうどおれの目の前に彼の胸元がくる。

こうしているとフェリクスのぬくもりを直に感じて、ちょっとドキドキしてしまう。

自然と、先日のフェリクスやガゼルとの情交を思い出してしまったが、無理やりそれは記憶の底に押し込めた。

しばらくそうして抱きしめられていたような気もするが、実際には、そんなに長い時間ではなかったのかもしれない。

フェリクスはそっとおれの身体を離すと、にっこりと王子様スマイルを浮かべた。

「で、タクミ。もちろん話は聞かせていただけますよね？」

うわっ、すごい。

フェリクスの笑顔、見た目にはめちゃくちゃキラッキラなパーフェクト王子様スマイルなのに、絶対零度の寒気しか感じない……！

「………はい」

思わず敬語にもなるよね、うん。

おれの答えにフェリクスは「とりあえず事情を聞きたいので場所を移しましょう」と告げ、おれももちろんそれに逆らうことなく、彼に手を引かれて近くの広場へと向かうことになった。

フェリクスが自然と手を繋いできたけれど、今までプチ行方不明だったおれにそれを拒否する権限とかあるわけないよね……

そのため、周りからはけっこうな視線を集めてしまった。

恥ずかしさに頬に勢いよく熱が集まるが、もちろん嫌だなんて言えるわけがない。おれは大人しくフェリクスに手を引かれるのだった。

そうして、おれがフェリクスに連れられてやって来たのは、先程の大通りから歩いて十分程度の広場であった。

周りを円形状に建物に囲まれて、広場の真ん中には小さな噴水があり、噴き出る水がきらきらと小さな虹のアーチを作っている。

噴水の周りにはいくつかベンチが設けられており、恋人や夫婦、友人同士で座って、お喋りを楽しんでいるようだった。ここはいわゆる市民の憩いの場なんだろう。

おれとフェリクスは、空いているベンチの一つに並んで座る。

ベンチに座った直後、おれはフェリクスに向かって頭を下げた。

「フェリクス、本当にすまなかった。……その、さっきのお二人は？」

「彼らはもう屋敷へと帰りました。彼らを見送った後、果物屋に行ったらタクミがいなくて……。店主に聞いてみたら、通りにいた男に声をかけた後にどこかへ走り出してしまったと言われまして。仕方なく、下手に動くよりはしばらく待っていた方がいいかと、ひとまずあそこにいたのですが」

「すまない……」

「……あと五分待って貴方が戻ってこなければ、黒翼騎士団から捜索隊を出すところでしたよ」

フェリクスが真剣な声で言った。目がまったく笑ってない。

ほ、本当によかった、すぐに帰ってきて！

あそこで報奨金に目がくらんでいたらどうなっていたことか……恐ろしすぎる。

「その、本当にすまなかった……。ちょうど、果物屋の前で落とし物をした人がいてな。その人に届けようと思ったんだが、なかなか追いつけなくて。すぐに戻ってくるつもりだったんだ、すまん」

「落とし物、ですか。それはなんだか、タクミらしいですね」

おれの返答に、苦笑いを浮かべるフェリクス。

……その後で、実はその落とし主がスリの常習犯で、その人にナイフを突きつけられたものの既(すん)でのところで助かって、今頃落とし主は騎士団に連行されているはず、といういまだに自分でもワケの分からないオチがつくんだけど。

まぁ、これは言わなくていいだろう。上手く説明できる気がしないし。

なにより、フェリクスの心配を余計に煽るだけだ。

「もしや、貴方になにかあったのではないかと気が気ではありませんでした」

「フェリクス……」

自分の手の横に置かれたフェリクスの拳が、強く固められる。

フェリクスの顔を見上げると、彼はじっとおれの目を見つめ返してきた。

「……もう、こんなに心配をかけるような真似はしないでください」

「……ああ」

「どんな些細なことでも、一人で抱え込まないでください。なにか危ないことをするつもりなら、私やガゼル団長に相談してほしい。もしかすると、私たちはタクミにとっては頼りないのかもしれないですが……」

「そんなことはない！」

フェリクスの言葉に、おれは思わず声を荒らげてしまった。

おれがいきなり大声を出したせいか、フェリクスもびっくりした顔で目を瞬かせる。

「そんなことはないんだ。おれは、皆がいてくれて……皆の存在にすごく支えられている」

「タクミ……」

「その、今回のことはおれが迂闊だった。今日はフェリクスを元気づけるつもりだったのに、それどころか逆に心配させるような真似をして……。やっぱりおれでは上手くいかないな……」

自分のダメ人間っぷりに、本当にフェリクスに申し訳なくなる。

片手で自分の額に手を当てて落ち込んでいると、ふと、反対の手に触れるものがあった。

見れば、膝の上に置いたおれの手に、フェリクスの長い指が絡んでいる。

恐る恐るフェリクスを見ると、彼は何故か、微笑んでいた。穏やかに双眸を緩め、きゅっと指の力を強めて繋がりを深くする。

「フェリクス……？」

ど、どうしたの？　怒ってないのか？

それともおれのあまりのマヌケっぷりに、呆れ返ってる感じ？

「いえ、少し嬉しくて。まさかタクミがそんなふうに考えてくださっているとは、思ってもみなかったものですから」

「フェリクス……」

おれの指先を自分の掌で包むように、やわらかく握り直すフェリクス。

しばらく、そのままの状態でフェリクスは押し黙った。沈黙の後、彼はそっと口を開いた。

「少し……聞いていただいてもいいでしょうか？」

「ああ、もちろん」

おれが頷くと、フェリクスはありがとうございますと言うように頷き返した。

おれの手を包む彼の指先に、少し力がこもる。

「私が黒翼騎士団に入団した経緯を、タクミは知っていますか？」

「先日、イーリスから聞いたばかりだ。その……それで実家やお父上と、仲違(なかたが)いをしてしまったということだったな」

「その通りです。そのために私は今まで実家から勘当状態だったわけですが……ポーション開発の功績がガゼル団長と共に認められたことで、先日、父上から『戻ってもいい』と赦(ゆる)しが下りました」

「それはよかったな」

「断りました」

ファッ!?

「こ、断った、のか？」

「はい」

真剣な表情で頷くフェリクス。

ど、どうやら、ちょっとおちゃめで小粋なジョークというわけではなさそうだな。

「……私が騎士団訓練生だった頃、白翼騎士団の団長殿は熱心に私の入団を推してくださいました。父上や兄たちもそのつもりで準備を進めてくださり、私自身も直前までそのつもりでいました」

「…………」

「でも——結果的に私は黒翼騎士団に入団しました。ある日、王都の城外に出かけた折で、ガゼル団長に助けられたことがきっかけです。ガゼル団長の剣はとても真っ直ぐで力強く……そして、誰かを勇気づける剣だった。私や他人を守り抜いて戦うガゼル団長の剣筋に、私は憧れを覚えたのです」

フェリクスの語る内容には、おれも覚えがあった。

先のワイバーンとの戦いでおれを鼓舞してくれたのもガゼルだった。ガゼルの言葉や剣には、人を勇気づけ、奮い立たせる力があるのだ。

「私は人生で初めて、他人に憧憬を抱きました。そして、王都に戻った時には、黒翼騎士団へ入団する気持ちを固めていました。配属先の決定権が私にあったわけではありませんが、自分で入団を志願し、そして有力者や貴族たちに頼み込んだ結果なのですから、私自身がこの道を選び取ったと言って間違いありません」

「……うん」

「だから、父上が私を勘当したのは当然です。当時、私が多くの人の期待を裏切ってしまったのは事実なのですから。そして、今の私がどんな功績を残そうと、あの時の身勝手とも言える私の選択が帳消しになるわけではありません。ましてや……その、ポーションの開発は、実際には私の功績などではないわけですから」

「それで……勘当を赦すと言ってきたお父上の言葉を、断ったってことか」

「はい」

こくりと頷くフェリクスの顔は、あまりにも清廉だった。

ま、眩しい……！

フェリクスがあまりにも高潔すぎて、輝いているようにすら見えるぜ……なんて真っ直ぐな男なんだフェリクス！

でもさ、個人的にはちょっとぐらい我が儘言ったってバチは当たらないと思うけどね!?

「それで、最近様子がおかしかったのか？」

「……いえ。それが、その……」

おれが問いかけると、フェリクスは少し顔を曇らせた。

「どうした？」

「その……先日、兄から『父上が倒れた』と連絡がありまして」

えっ!?

「お父上はどこか悪いのか？」

「持病が悪化したそうです。今はポーションで体力を回復させて命を繋いでいるそうですが、もう歩くこともままならないそうで……」

……ん？「ままならないそう」って、どういうことだ。

なんでそんな伝聞みたいな感じで喋るんだ、フェリクスは。

え、もしかして。

「フェリクス。もしかして、それでもまだ実家に帰ってないのか？」

「……はい」

マ、マジかーー！

どこまで真っ直ぐなんだよ、フェリクス……！

「フェリクス、どうしてだ。お兄さんからそんな連絡があったんなら、家族は帰ってきてほしいんだろう？」

「それは……」

フェリクスは迷うように視線をさ迷わせた後、おれから顔を背けた。

「私は父上に勘当され……そして先日、その父上の赦しを跳ね除けた身であるわけです。そんな私が、父上が病気になったからといって会いに行くのは、正しいことなのでしょうか……？　それこそ、自分の決意すら裏切るような身勝手な行いなのではないでしょうか……」

「フェリクス……」

おれの手を握るフェリクスの指の力が、さらに強くなる。

それはまるで、迷子になった子供が縋ってくるようであった。

しばし、おれたちの間には沈黙が落ちた。けれど、それは短いものだった。

「——戻ったらいいじゃないか」

「…………え？」

おれがそう言うと、フェリクスはきょとんと目を丸くした。

いや、それにしてもさっきのあの二人の様子にようやく合点がいったよ。

そりゃお父さんがそんな状態な上に息子と絶縁状態になってたら、使用人の人たちも、偶然会ったフェリクスに「早く家に戻ってくれ」って泣きつくよね……

でも、使用人の人からそんなことを言ってもらえるなんて、フェリクスのお父さんやフェリクスはさぞかし慕われてるんだな。

フェリクスの今の話からしても、彼がそこまで敬意を払うぐらいなんだから、彼のお父さんはきっと人格者なんだろう。

まぁ、当たり前か。だって、フェリクスのお父さんだもんな。

よし、と頷くと、おれはフェリクスの手を繋いだままベンチから立ち上がった。

そして、にっと笑ってフェリクスの手を引く。何故か彼はぽかんとした顔のまま、呆気にとられたようにおれの顔を見上げている。

「どうした？　早く行くぞ、フェリクス」

「え……え⁉　あ、あの、行くというのは、私の実家ですか？」

「それ以外にどこがあるんだ」

「い、今からですか？」

「当たり前だ。そんな状況なら一刻も早く会いに行くべきだ。大体、フェリクスだってずっと思い悩むぐらいお父上が心配なんだろう？」

「そ、それは無論そうなのですが……でも、タクミは今までの私の話を聞いていたでしょう？　私が、今更伯爵家に顔を出す資格など……」

珍しく、フェリクスは優柔不断な態度を見せる。

秀麗な顔を曇らせて、ベンチに座ったまま、顔を上げようとしない。

おれはフェリクスの手をぎゅっと握り返すと、穏やかに言葉をかけた。

「大丈夫だ、フェリクス」

「でも、私は……」

「家族が『帰っておいで』って言ってくれてるんだ。子供が家に帰るのに、それ以上の理由はいらないだろう？」

「っ……」

フェリクスは顔を上げて、じっとおれの顔を見つめた。

眩しいものを見るかのように紫水晶の目を細める。

「それに……会えるなら、後悔しないうちに会った方がいい。おれはもう……どんなに願っても会えないからな」

「ぁ……」

まぁ、おれの場合は会おうが会うまいが関係なく、家族三人で元気にやってるだろうけどね！

「すみません、タクミ……私は……その、貴方の境遇に思いが至らず」

「うん？　ああ、別に……？」

んん？　なんで今謝られたんだろう？

フェリクスは、痛ましげにおれを見つめている。

うん、なんで？

「……そうですね。タクミが先程いなくなった時……私は、どうして貴方から目を離してしまったのだろうかとひどく後悔しました」

ううっ！

そ、その説はマジでごめんなフェリクス……！

「あのような思いを、私はもうしたくはありません。誰かから身勝手だと言われようとも、やはり私はもう一度、父上に会いに行くべきですね」

「行くべきじゃなくて、こういう時は『会いたい』って言っていいんだぞ」

「ふふ、そうでしたか。……そうですね、私は父上に会いたい、です」

フェリクスはなにかが吹っ切れたのか、決意を浮かべた表情になると、ゆっくりとベンチから立ち上がった。

「ありがとうございます、タクミ。貴方の優しさに、私はいつも背中を押されます」

「そんなのはお互い様だ」

おれが肩を竦めてみせると、フェリクスは再びやわらかい微笑みを浮かべた。

そして、おれの手を握ったまま、広場の一角に停まっていた馬車の方まで歩き始める。ここから馬車で伯爵家まで行くつもりなのだろう。

フェリクスが実家に帰ると決めてくれたことに、おれもホッと安堵の息を吐いた。

……それにしても、フェリクスの手を離す機会をすっかり失ってしまったな。

手を繋いだ状態が嫌なわけじゃないけど、ちょ、ちょっと恥ずかしい。

さ、さすがに伯爵家に着いたら離してくれるよね？

◆

――やばい、帰りたい。

「フェリクス様、よくぞお戻りくださいました……！」

「母上と兄上たちは？」

「クラリス様は所用で出ておりますが、ハロルド様とヒュー様はすぐに戻ってこられるとのことです」

「分かった。先に父上に会いに行きたいのだが……」

「はい、勿論でございます！　ああ、フェリクス様がお戻りくださって本当によかった……ご当主様はさぞお喜びになりますとも。ええ、ええ。さぁ、こちらへどうぞ」

なんでおれ、自分も行くって言っちゃったかなぁ⁉

よくよく考えれば、別におれはついてこなくてもよかったのでは⁉

なにをのこのこついて来てるんだよ！　空気読んで自分！　明らかにおジャマ虫だから！

だが、その事実に気がついたのはフェリクスの実家――アルファレッタ家に到着してからだったので、完全に手遅れだった。

アルファレッタ家は伯爵家だけあって、真っ白な外壁に深緑色の鱗瓦（うろこがわら）が綺麗に並べられたマンサード屋根を組み合わせた、美しい屋敷だった。

しかし、当主が病床にあるせいか、屋敷の中はどこか沈んでいた。おれたちを出迎えてくれた初老の執事の顔も精彩を欠いている。

おれはといえば、初めて足を踏み入れる貴族の豪華なお屋敷に足がガクガクと震えそうだった。

もしかすると、この前の山賊ワッソと対峙(たいじ)していた時よりも緊張しているかもしれない。

だってあちこちに高価そうな花瓶やら壺やら彫刻が置いてあって、ぶつかって壊しそうで怖いんだよ……！

「そちらのお連れ様の方は、よければ客間でお待ちいただきましょうか？」

「……いえ」

フェリクスは執事から視線を外し、後ろで所在なく突っ立っていたおれの顔を見た。

「タクミがよろしければ……一緒に、来ていただけませんか？」

「いいのか？」

「……私が来てほしいのです。ここに来たのが間違いだったのではないかと、私はいまだに迷っています。その、情けないと思われるでしょうが……」

「そんなことないさ。おれでよければ一緒に行くよ」

「……ありがとうございます、タクミ」

そう言って微笑むフェリクス。その表情は、彼にしては珍しく弱々しいものだった。

……彼も家の中を覆う、この沈んだ空気の正体を悟っているのだろう。

それは——死期が近づいた者だけが纏う、淀んだ空気だ。

……まぁ、やっぱり来てよかったかな。

今のフェリクスを一人にするのは心配だ。

おれにはなにもできないけど、それでも、そばにいることぐらいならできる。

「……爺。彼は私の大事な客人だ。共に父上に会いに行きたいのだが、かまわないな？」

「無論でございます。ご当主様も、ようやくフェリクス様に大事な方ができたと、お喜びになられるでしょう」

フェリクスは執事に頷いた後、おれに「では、タクミ」と言って、ゆっくりとした足取りで屋敷の中を進んでいった。

おれは執事に頭を下げて、フェリクスの後を一歩下がって歩く。

そして、フェリクスとおれは、屋敷の中で一番荘厳な造りの扉の前に辿り着いた。

フェリクスはそこで足をぴたりと止めると、無言のまま、しばらく立ち尽くしていた。

おれは後ろから手を伸ばし、そっとフェリクスが握りしめる拳に指で触れる。フェリクスはハッとした顔で振り返って、おれを見た。

「タクミ……」

「大丈夫だ、フェリクス。おれがついている」

おれなんかじゃ頼りないだろうけどさ、それでもそばについてるからね！

そう思いを込めて見つめると、フェリクスは頷き、そして再び扉に向き直る。そして、三回続けてノックをした。

「――フェリクス・フォンツ・アルファレッタです。先日は伯爵家に戻るお赦しをいただき、ご厚情に感謝いたします。つきましては、感謝の意を述べたく、お目通りいただけないでしょうか」

「……っ、……」

扉の向こうから微かな声で、入れ、と声がした。

フェリクスはその声の小ささに、目を見張って一瞬だけ固まったものの、意を決したようにゆっくりと扉を開いた。

「――父、上」

扉を開き、目の前に現れた人物を認めて、フェリクスは愕然と呟いた。

広々とした部屋の奥に、天蓋つきの豪奢なベッドがある。

その上で、シーツの海に埋もれるようにして、一人の男性が上半身を起こしてこちらを見つめていた。

かつては逞しかったであろう身体はすっかり痩せこけ、骨と皮ばかりが目立つ。落ち窪んだ目の下には、青黒い隈ができている。

「ち――父上……」

フェリクスは、自分の父親の予想以上の衰えぶりにショックを受け、言葉を震わせた。

おれはそっとフェリクスの背中に近づき、彼の背中に掌を当てる。それに押されたように、フェリクスはふらふらとした足取りでベッドの傍らまで歩いていった。

「ふ……なんて顔をしておる、フェリクス」

「も、申し訳ありません。ですが、父上……その……」

フェリクスはそこまで言うと、にわかに言葉を詰まらせた。

痩せ衰えた父親の姿に動揺しているのが伝わってくる。

フェリクスのお父さん――アルファレッタ伯爵は、そんなフェリクスをじっと見つめた。

そして、ふっとその視線が彼の背後にいるおれへ向けられる。

「――フェリクス。まずは私に彼を紹介するべきではないかね？」

小さいけれど、厳かで堂々とした声だった。長年、由緒ある伯爵家の当主として辣腕を振るってきたことを感じさせる。

フェリクスはその声に気圧されたように息を呑んだが、直後、安堵の表情を浮かべる。

「はっ……申し訳ありません。彼はタクミと言いまして、先日、我が黒翼騎士団に迎え入れました。彼は……いえ、彼がいなければ、今回のポーション開発は成し得なかったでしょう」

「ふむ」

フェリクスが躊躇いがちに告げると、アルファレッタ伯爵はおれの顔をじっと見つめた。

いくらやせ細り、衰えているといえど、その眼光は鋭く怜悧だ。思わずたじろぎそうになる自分をなんとか叱咤して口を開く。

「この度は突然の訪問、誠に申し訳ございません」

「ああ、よい、楽にしてくれ。黒翼騎士団に『黒』を持つ青年が一人、入団したということは聞いていたよ。……先のラザルテの丘におけるワイバーン戦での奮闘についても聞いている。このリッツハイム魔導王国のために尽力してくれたこと、深く感謝する」

「はっ。過分なお言葉ではございますが、ありがたく存じます」

「今日はこのような姿で申し訳ない。最近は、ベッドから起き上がるのも億劫（おっくう）でな」

アルファレッタ伯爵は一転、弱々しい笑顔でそう言うと、おれとフェリクスの姿をそれぞれ見つめた。とても優しい眼差しだ。

「……フェリクス。お前が親しい人間を私の元へ連れてくるのは、これが初めてだな」

「そう、でしたか？　……貴族の子弟やリオン殿を家に招いたことは多々あったと思うのですが」

困惑した様子で目を瞬（しばた）かせるフェリクスに、アルファレッタ伯爵がゆっくりと首を横に振った。

「あれは、あくまでも貴族の家同士の付き合いであり、儀礼的なものだっただろう？　お前が個人的に、家に誰かを連れてくるのはこれが初めてだ」

「………………」

フェリクスはアルファレッタ伯爵の言葉を受けて、戸惑ったまま黙り込む。

父親がなにを言いたいのか真意を掴みかねている、という顔である。

そんな彼に、アルファレッタ伯爵がそっと掌を差し出した。だが、その弱々しい腕はフェリクスには届かず、ベッドの上に静かに落ちる。

「初めてなのだ、フェリクス……お前は昔から聞き分けがよく、第一に伯爵家のことを優先して行動する、まさに非の打ち所のない子供だった」

「……ですが、私は」

「そうだな。そんなお前だからこそ、お前が『黒翼騎士団に入団したい』と言い出した時、私は激昂した」

アルファレッタ伯爵がそう言うと、フェリクスは小さく唇を噛んで俯いた。

「………」

「……お前がどんなに優秀で、武勲を重ねようとも……三男という立場では伯爵家を継がせることは難しい。この伯爵家で誰よりも優れた能力を持つお前が、その立場ゆえにこのまま貴族社会の中で埋もれていくのは、あまりに不憫だった……」

「え……」

フェリクスが目を瞬かせ、アルファレッタ伯爵の顔をまじまじと見つめる。

思いがけないことを言われた、という顔だ。

「だから、お前の将来のために道を用意しておいてやりたかった。だが……それは私の驕りでしかなかったのだ。それに気づいたのは、お前がこの家を出ていってからだというのだから、なんとも愚かな……ぐっ、ぅ……！」

「ち、父上！」

ベッドの上で胸を押さえて苦しげな声を漏らすアルファレッタ伯爵。フェリクスは慌てて彼の傍に近づき、その背中を支える。

アルファレッタ伯爵は、先程ベッドの上に落ちた手をゆっくりと持ち上げると、フェリクスの顔にそっと触れた。

その手は慈愛に満ちていて、フェリクスは瞳を潤ませながら唇を震わせる。

「父上、私は……」

「フェリクス、すまなかった。お前が自分の意思を私に示したのはあれが初めてだったというのに……一時の気の迷いでお前が愚かな選択をしたのだと思い込んだ。だが、そうではなかった。愚かだったのは私の方だ」

「そのようなことはありません！　私は……今まで、父上の御心に気づかず、父上がそのように私を思ってくださっていたのを知ろうともせず……」

「心を知ろうとしなかったのは私の方だ。……お前は、私などが用意せずとも自分で自分の道を造り出したのだな。お前たちの行ったポーション開発が国へ利益をもたらしたのはなによりだが、それよりも、お前が自分だけの道を見つけたことを父親として嬉しく思う」

フェリクスの横顔、その白皙の頬に一筋の雫が伝った。

透き通った涙が、頬に触れるアルファレッタ伯爵の指先を濡らす。それを見て、アルファレッタ伯爵は口元をそっとほころばせた。

「お前が泣くのは子供の頃以来だな」

「……っ、……父上」

「今更と思うやもしれんが……私を許してくれるか、フェリクス？」

フェリクスは、ただ黙って頷いた。

多分、口を開けば、再び涙がとめどなく溢れてしまうからだろう。

アルファレッタ伯爵は、そんなフェリクスの手に触れて、目を細めて静謐な眼差しを息子に向けた。

アルファレッタ伯爵の瞳は、おれのよく知る、紫水晶色だった。

◆

アルファレッタ伯爵の部屋を退出した後、続いておれは、外出から帰ってきたフェリクスのお母さんとお兄さん二人にお会いすることになった。

お母さんは輝くような金髪に灰青色の瞳を持つ女性で、三人のお子さんがいるとは思えないぐらい若々しい。

二人のお兄さんは明るい茶髪にお母さん譲りの灰青色の瞳で、すらりとした長身痩躯の美青年だ。

こうして見ると、フェリクスは瞳や性格はお父さん譲りだが、顔立ちはお母さん譲りのようである。

フェリクスの顔を見たお母さんは、わっと泣きだした。

まぁ、そうだよなぁ。自分のお子さんと旦那さんの間に亀裂が入ってしまった状況で、一番心を痛めたのは、お母さんだろう。

わんわんと泣くお母さんを皆で宥めているうちに、とっぷりと日が暮れてしまった。

そして、泣き腫らした瞳のフェリクスのお母さん――アルファレッタ伯爵夫人から「はしたないところを見せて申し訳ありません。タクミ君、今回はうちの強情な頑固息子を連れ帰ってきてくれてありがとう。もう日が暮れてしまったし、よければタクミ君も今夜は家に泊まっていきなさいな」と勧められてしまい、フェリクスはともかくおれまでもが伯爵家に泊まることになったのであった。

その後、フェリクスは伯爵家から黒翼騎士団へ使いを出し、二人分の外泊許可を貰って今に至るというわけだ。

夕飯をごちそうになり、お風呂まで貸してもらったおれは、今日の出来事を思い返しつつベッドの上でぼーっとしていた。

「――タクミ、入ってもよろしいでしょうか？」

完全に気を抜いていたところに不意に声をかけられ、おれはがばっと跳ね起きた。慌ててベッドから下りて髪と服装を整え、ドアに向かって「いいぞ」と声をかける。

しばらくして、ゆっくりと扉が開いた。

フェリクスもすでに風呂を済ませたようだ。

肌触りのよさそうな生成色のシャツと、同色のゆったりとしたズボンを穿いている。

どんな時でもきちんとした服装をしている彼の、初めて見るラフな格好だ。

「おや、タクミは湯浴みから上がったばかりでしたか？」

「いや？　出てからしばらく経つぞ」

「……まだ随分と髪が濡れているようですが」

「ああ……拭くのが面倒で、ちょっと放置していた」

ちなみに、伯爵家のお風呂はなんと猫脚バスタブだったよ！

まさかの猫脚バスタブに浮かれ、思わず長湯しすぎちゃったせいで、さっきまでベッドの上でぼーっとしていた次第である。

フェリクスはそんなおれを知ってか知らずか、眉をひそめると「いけませんよ、それでは風邪をひいてしまいます」と言っておれの手を引き、問答無用でベッドに座らせた。

そして、風呂場の方に戻って新しいタオルを手に取り、おれの隣に腰を下ろす。

「少し、大人しくしていてくださいね」

そう言うと、おれの頭にタオルを被せて、優しく髪を拭き始めた。

優美な指先が、撫でるようにゆっくりと髪に含んだ水分を拭っていく。

ちょ、ちょっと気恥ずかしい。でも、気持ちいい。

自然と頬に熱が集まっていく。

自分でやるよ、と言おうかとも思ったが、フェリクスの指があまりにも丁寧で、声をかけるのが躊躇(ためら)われてしまう。

フェリクスも口を開けず、黙々と拭い続け、二人の間にはしばらく沈黙が落ちた。

「……タクミ、ありがとうございました」

先に口を開いたのは、フェリクスだった。

フェリクスはおれの髪からタオルを取り去ってベッドの脇に置くと、目を細めてじっとおれのことを見つめた。

「礼を言うのはおれの方だろう。わざわざ拭いてもらって悪かったな」

「いえ、そうではなく……今日、タクミが私の背中を押してくれなければ。伯爵家に、父上の元に帰ってもいいんだと言ってくれなければ……私は父上を最後まで誤解したままだったかもしれません。父上があんなふうに私に心を砕いてくださっていたとは、思ってもみなかったのです」

フェリクスは目を伏せて囁いた。長い睫毛(まつげ)の隙間から見える瞳が、小さく揺れる。

「……フェリクス……」

「タクミの優しさに……貴方が私と出会ってくださったことに感謝いたします。貴方がいなければ、今日のこの日の喜びはあり得なかったでしょう。ありがとうございます、タクミ」

紫水晶の瞳が、じっとこちらを見つめてくる。

その瞳の奥に宿る熱情に、さすがのおれも気づかないわけにはいかなかった。

というか、いつの間にかフェリクスの手がおれの腰に回されてるんだけど！

マジでいつの間に⁉　フェリクスは行動一つとっても本当にスマートだなぁ⁉

「っ、フェリクス……おれはまだ、ガゼルとフェリクスのどちらの気持ちに応えるとも決めたわけじゃないんだが」

「ええ、分かっています。私たちは恋人同士でもありません……ただ、私が一方的に貴方を想っているだけです」

そ、そう言われると、めちゃくちゃ罪悪感が湧いてくるんですけど！

「……そう、頭では分かっているのですが、それでもこの胸から湧き上がる愛おしさが、今夜はどうしても抑えきれないのです」

「っ……」

「一度だけ。どうか今、この一度だけ、貴方に口づけることをお許しいただけませんか？」

キ、キスかぁ……！

キスだけならいいかなぁ……？　さっきちゃんと歯磨きはしたし……

迷いつつ、おれはちらりともう一度フェリクスの顔を窺う。フェリクスは相変わらず熱っぽい眼差しを注ぎ、掌でおれの頬を愛おしげに撫でる。

……ほんっと、フェリクスの顔ってキレイだよなぁ……

彼は、同性だろうが異性だろうが関係なく惹きつけるような、芸術的な美貌を備えている。

だが、その美しさは外見だけのことではなくて、フェリクスの真っ直ぐで清らかな内面もまた多くの人々を魅了し、彼を輝かせているのだろう。

……そんなフェリクスにじっと乞うように見つめられて、断れる人間なんかいないよな。

しかも今日、おれはフェリクスにわざわざ街を案内してもらった恩がある上に、その途中でプチ行方不明になるという大迷惑もかけてるんだ。

加えて、フェリクスも家のことで色々と大変だったに違いないし、お父さんの身体の具合だってまだまだ心配だろう。心も身体も疲れ切っているはずだ。

それがおれなんかとのキスで元気づけられるんなら……ま、いいかな。

「一度だけ、な」

そう言い終わるか終わらないかという瞬間、フェリクスがおれに向かって勢いよく顔を寄せた。

腰に回っていた彼の腕が、ぐっとおれの身体を引き寄せて、互いの身体を隙間なくぴったりと密着させる。

そして、気づいた時には、フェリクスの唇がおれのものと重なっていた。

「……っ、んぅ」

薄く開いた唇から口内に舌が割り入ってきて、びくりと肩が跳ねてしまう。

それを見たフェリクスが微笑んだのが、合わさった唇から伝わる。

「っ、ふ、ぅ……！」

フェリクスの舌はおれの舌に絡んだかと思うと、今度は口内を味わうようにねっとりと這い回る。

口蓋を舌先で嬲られ、歯列をなぞられると、身体の奥が甘く疼く。

次々と襲いかかる愛撫に慣れる暇などなく、吐息が漏れた。

「んっ、ぅ、ふっ……」

いつしか、部屋の中にはくちゅくちゅといやらしい水音が響いていた。

初めのうちは、フェリクスの服を掴んだり胸元を軽く叩いたりして制止を求めていたが、次第にそんなことをする余裕もなくなった。

やっと唇が離れた後、おれはぐったりとフェリクスに身体を預けていた。

「すみません、タクミ。少し、やりすぎてしまいましたね」

そう謝る言葉とは裏腹に、満足げな笑みを浮かべたフェリクスが優しくおれの頭を撫でる。

だが、肩で荒く息をするおれにはそれに答えることもできやしなかった。

あの、フェリクスさん？

確かに一回は一回でしたけど、でも、舌まで入れるなんて聞いてなかったですよ⁉

「……随分、長かったな……」

「ふふ、すみません。でも、愛しい人へ口づけているというのに、時間を気にする理由はないでしょう？」

紫水晶の瞳を悪戯っぽく輝かせて微笑まれ、思わず顔が熱くなる。

赤くなった頬を隠しながら、ようやく身体を起こすと、フェリクスは名残惜しそうに手を離した。

「タクミ、今日はありがとうございました。今度また改めて、一緒に街へ出かけましょう」

「……ああ」

「それではおやすみなさい、よい夢を」

「うん、また明日な」

最後にフェリクスは、そっと指先でおれの頬を撫でた。

フェリクスの触り方はいつも優しくて丁寧で、その度に、おれは自分が壊れやすい硝子細工にでもなったような気分になる。

でも、フェリクスの触れ方は嫌いじゃなかった。大事にしてくれてるんだな、と感じて胸が温かくなる。

まぁ、ちょっと……いやかなり心臓に悪いんだけどね！

フェリクスが出ていった部屋で、おれは再びベッドの上に座ったまま、大きくため息を吐いた。

「……はぁ、仕方がないか。本当はポーションだけで終わらせておきたかったけれど……こうなったら『アレ』も作るしかないな」

アルファレッタ伯爵は、かなり顔色が悪く、体調が芳しくないようだった。ベッドから起き上がるのもやっと、という状態だったのだ。

本来は、『アレ』を作る気はなかったのだけれど……でも、このまま黙って見過ごすわけにはいかないよな。

おれは誰もいない部屋で一人頷き、決意を固めるのだった。

◆

翌朝。いつも使っているものよりもはるかに上質な寝台があまりにも心地よく、おれはすっかり寝過ごしてしまった。フェリクスが起こしに来てくれなかったら、いつまでも寝ていたかもしれない。

「タクミ……」

目を覚ました瞬間、めちゃくちゃ綺麗な顔がおれを覗き込んでいて死ぬほど驚いたが、冷静になって見れば、それはフェリクスだった。

顔がよすぎて心臓に悪いぜ、フェリクス……！

「おはよう……悪いな、寝過ごしたみたいだ。起こしに来てくれたのか」

「いいえ、そこまで遅くはなっていませんよ」

そうは言うものの、フェリクスはすっかり寝間着から普段着に着替えている。

今日の彼は、藍色のシャツに淡い色のズボンを合わせていた。彼の金糸のような髪が深い色のシャツに映えている。

ベッドから上半身を起こすと、フェリクスがベッドの縁に腰かけて、おれの頭に手を伸ばした。寝ぐせがついてしまっている髪をそっと直してくれる。その指先は優しくて、心地いい。このまま二度寝を決めたい気持ちがむくむくと湧いてきた。

うーん、いつも休養日のこの時間って、おれまだ寝てるからなぁ。

でも、さすがに人様の、しかも上司であるフェリクスのお家で二度寝するわけにはいかないよね。

「タクミがよければ、母上と兄たちが朝食を共にしたいと言っているのですが、大丈夫でしょうか？」

「おれはかまわないが……テーブルマナーなんて知らないぞ」

「いつもの貴方の作法なら問題ありませんよ。それに、貴方は招かれた側なのですから気になさる必要はありません」

そう言って、にっこりと微笑んでくれるフェリクス。

うーむ……正直に言って、朝食自体はぜひおれもご一緒したい気持ちがあるんだよな。せっかくだから、フェリクスのご家族がどんな人たちなのかもっと話してみたい。

でもおれ、着替えがないんだよなー。

昨日と同じ格好で、貴族であるフェリクスのご家族の前に現れるのはまずいような気がするし……

そんなおれの悩みを察してくれたのか、フェリクスの方から「貴方の着替えも用意させましたから、ご安心ください」と言ってきた。

思わぬ台詞を聞いて、おれはぱちぱちと目を瞬かせる。

「わざわざ用意してくれたのか？」

「勿論です。昨日は無理を言って、貴方にここまで来てもらったのですから」
マ、マジか。着替えまで用意してくれたの？
ホテルだってこんなに待遇よくないぞ。すごいな、アルファレッタ家！

「だが、さすがに厚意に甘えすぎている気がするな……。新たに購入してもらったのだとしたら、おれの方で買い取らせてもらいたいんだが」

ただし、常識的な範囲内の金額に限る。

ゼロがいくつも並んでいるようなお値段を提示されても、ない袖は振れないからね！

「ご安心ください。新たに購入したのではなくて、私の服をタクミ用に直しただけですので」

「え？　昨日のうちにそんなことを？」

「私の母は裁縫が趣味でして……身内びいきかもしれませんが、刺繍の腕前はなかなかなのですよ。未婚の女性を対象にした、花嫁修業のための講師をしていたこともありまして」

「そうなのか、すごいな。おれもおれの家族も、裁縫や刺繍なんてまったくできないからな。尊敬するよ」

マジですごくない？　おれ、もしも他人から「この服のサイズを詰めて仕立て直せ」って言われたとしたら、袖を脇の部分から破り取って世紀末仕様にするぐらいしかできないよ？

そんなおれの言葉に、フェリクスが少し目を見開いて驚いた表情を浮かべた。

「どうかしたか、フェリクス？」

「いえ……申し訳ありません。その、少し珍しいなと思いまして。貴方の口から、ご家族のことを聞いたのは初めてだったものですから……」

え、そうだっけ？

おれの家族のことについて、ガゼルやフェリクスに話したことってなかったっけ？

んー……言われてみればないかも。だって、特に話すようなこともなかったしなぁ。

「差し支えなければお聞きしてもよいでしょうか？　タクミのご両親は、どのような方だったのですか？」

どのような方と言われても……会社員の共働き夫婦だぞ。それに兄さんとおれの、なんということもない平凡な四人家族だ。

「おれの両親は二人とも会……商会のような場所で働いていてな」

会社勤め、と言いそうになったが、それじゃあ伝わらないと気がついて慌てて言い直した。

おれの説明に、フェリクスがまたも驚いたような顔になる。

「ご両親二人ともですか？　それは珍しいですね」

「そうか？　まぁ、そんな感じだったから、二人ともおれが子供の頃からほとんど家にはいなかったな。でも、両親のことは尊敬していたよ」

「……さぞかし寂しいでしょうね、ご家族に会えないのは」

フェリクスが何故か痛ましそうな表情になって、そっとおれの頬に触れてくる。

……本当に優しいなぁ、フェリクスは。

あまりにも優しすぎて、正直「それほど寂しくないよ？　向こうの世界でおれの家族は元気にやってるだろうしね！」と言いづらい雰囲気になってしまった。どうしよう。

あっ。でも、おれがあまり寂しいと感じない理由は、もう一つあるかも。

「寂しくはないぞ。おれにはフェリクスがいるからな」

「っ⁉　タ、タクミ、それは――」

「ガゼルやフェリクス、イーリス、それに黒翼騎士団の皆が今のおれにとっての家族だからな。だから全然寂しくないぞ」

「あ、ああ……そういう意味でしたか」

何故かフェリクスが頬を赤らめつつ、苦笑いを浮かべている。どうしたんだろう？

不思議に思って首を傾げると、フェリクスが口元をほころばせておれの顎を指先で掬（すく）った。

「タクミ……あまり男を期待させるような言葉を、寝台の上で言うものではありませんよ？　誘っているると受け取られかねません」

「誘う？」

「こういうことですよ」

フェリクスはそう言って、笑いながら顔を寄せておれの唇に口づけた。

ちゅっ、と軽い音を立ててキスをされて、寝ぼけ眼だったおれの意識は完全に覚醒した。

「フェ、フェリクスっ……んっ、ぅ」

キスは一度だけで終わらず、彼は頬や唇の端、鼻先や眦などにたくさんキスの雨を降らせる。

やわらかい唇が顔に触れる感触は心地いいが、フェリクスのめちゃくちゃ綺麗な顔が間近に迫ってくるのは心臓に悪い。

思わず目をぎゅっとつぶると、フェリクスがくぐもった笑い声を零した。

「ふふっ……貴方は本当に可愛い人だ。何回もこういうことをしているのに、まだ慣れないのですか？」

慣れるわけないだろ、こちとら童貞だぞ！

逆に聞きますけど、フェリクスはなんでそんなに手馴れてるの!?　イケメンだから!?　それならしょうがないね！

なにも答えられずにあわあわしていると、フェリクスが再びおかしそうに笑い声を漏らし、するりとおれの腰を抱き寄せてきた。

って、どこ触ってるんですフェリクスさーーん!?

あっ、ちょ、ちょっと！　そこはダメだって……！

「――フェリクス、タクミ君？　もう準備はできたかい？」

フェリクスの手がおれの上着の中に滑り込んできた、その時。

部屋の扉がコンコンと音を立ててノックされ、ついで、フェリクスのお兄さんの呼びかけが聞こえてきた。

「分かった。フェリクスはおれから身体を離すと、「もう少しお待ちください、兄上」と答える。

今日は天気がいいから、中庭のテラスで朝食を食べようと母上が仰っている。急がなくても大丈夫だから、一緒に食べられそうなら中庭に来てくれ」

「分かりました、兄上。あと少ししたらタクミと共に向かいます」

フェリクスが答えた後、扉の前にいたお兄さんが去っていくのが気配で分かった。

お兄さんの気配が完全に消えたと同時に、フェリクスがくるりとこちらに向き直る。先程までの勢いはどこへやら、しゅんとした落ち込んだ表情だ。

「すみません、タクミ。ここに来た当初の目的を忘れそうになっていました」

「そ、そうか。思い出してくれてなによりだ」

「貴方といると、私はいつも冷静な判断ができなくなってしまうのです。……貴方と出会って初めて、我を忘れる、ということがどういうことなのかを知りました」

そういえば、昨日、フェリクスのお父さんが、彼は子供の頃から伯爵家のことを第一に考えて行動していたと言っていた。そのくらい冷静沈着で視野が広く、しかし、場合によっては自分の意思を抑えつけてしまうところがあったのだろう。

「……その、なんだ。フェリクスが自分の感情をあらわにできるようになったってことなら、いいことだと思うし、おれも嬉しい。だが、もう少し加減をしてくれると助かる」

恥ずかしさに思わず早口でまくし立てるように言ってしまう。

フェリクスは自分の顔のイケメン具合、分かってる？　死人が出るレベルで顔がいいですよ？

そばにいるだけでけっこうドキドキする時もあるんだし、お願いだから無闇にキスとかスキンシップとかしないでほしい。

「タクミ……！」

だと言うのに、フェリクスはまたもや輝くような笑顔になっておれを抱きしめてきた。

だ、だから、今のおれの言葉、ちゃんと聞いてくれてましたかフェリクスさん⁉

加減をしてほしいって頼んだばっかりなんですけどね⁉

その後、さらに触れようとしてくるフェリクスを宥め、なんとか部屋での着替えを済ませて、おれたちは伯爵家の中庭に移動した。

フェリクスが十六歳くらいの頃に着ていた洋服を手直ししたというそれは、おれが普段着ている服よりもかなり仕立てがいい。

き、着心地はいいんだけど落ち着かないぜ！

返す時はクリーニングに出した方がいいと思うんだけど、こっちの世界にクリーニング屋ってあるのか？　なかったらどうしよう。

これを自分で手洗いするのは怖すぎるんだけど！

フェリクスに尋ねるも、彼は微笑んで「タクミがよければ貰ってください」と言ってくれたが、そんなわけにはいかないよなぁ。

というわけで、服を汚さないようにひやひやしながら迎えた朝食の時間だったが、フェリクスと彼のご家族と過ごした朝食はとても素晴らしかった。

生地が透けそうなほど薄く焼かれたクレープと、カリカリに焼き上げられたベーコン。半熟卵と、新鮮な野菜のサラダ。クレープに添えられた薔薇(ばら)のジャムは、フェリクスのお母さんが屋敷の庭で育て、作ったものだという。

美味しい料理に舌鼓を打ちながら、おれはアルファレッタ伯爵夫人から、普段のフェリクスの様子や仕事ぶりについて聞かれるままに答えた。

「今日はありがとう、タクミ君。騎士団でのフェリクスの様子が分かってよかったわ。この子ったら、私の出す手紙にちっとも返事をくれやしないんだもの」

「母上、私は父上に勘当された身であったので……」

「ね、ホラ？　この子ったら頑固で一度言い出したら聞かないのよ。本当、そんなところばっかりあの人にそっくりなんだから」

ころころと朗(ほが)らかに笑うアルファレッタ伯爵夫人は本当に美人だ。とてもこんな大きな息子さんが三人もいるようには見えない。

朝食を食べ終わった後、アルファレッタ伯爵夫人はおれにこっそり「フェリクスとあの人の間を取り持ってくれてありがとう……これからもあの子のこと、よろしくね」と耳打ちした。

うーん……どっちかというと逆なんだよなぁ。

むしろおれがフェリクスに土下座して、「これからも見捨てないでくださいなんでもします」と頼み込んだ方がいいレベルなんだけれど。

その後、おれは再びフェリクスと共に、フェリクスのお父上――アルファレッタ伯爵の元へとお伺いし、あらためてご挨拶をさせていただいてから、屋敷をお暇した。帰りしな、アルファレッタ伯爵からもお礼を言われちゃってすっごい慌てちゃったよ。

おれはフェリクスのお世話になってる方なので！　むしろおれがフェリクスにお礼を言うべき方なんです！

でも、あまり主張をすると「やだこの子、社交辞令を真に受けてるわ」「空気が読めないのか、哀れな……」と思われる可能性がありそうなので、おれはそれらの言葉には相槌を打つのみに留めた。

アルファレッタ伯爵家を後にし、伯爵家が用意してくれた馬車の中で、おれはフェリクスに尋ねた。

「――しかし、いいのかフェリクス？　今日もおれの用事に付き合ってもらって」

この馬車の向かっている先は、黒翼騎士団の隊舎ではなく、昨日おれたちが巡っていた城下町だ。

昨日は、スリ騒ぎの後ですぐにアルファレッタ伯爵家に行ってしまったので、結局、イーリスへのお返しの品を購入できなかったのだ。

おれは今日も続けて休養日であるため、騎士団の隊舎に直行せずに、城下町へ連れて行ってくれるように御者に頼んだのである。

しかし、今日も引き続きフェリクスが一緒に来てくれるとは思わなかった。フェリクスも休養日ではあるが、てっきり伯爵家に残るだろうと思っていたのだ。

「昨日はタクミの買い物に付き合うという約束だったのに、ほとんどできずじまいでしたから。結局、イーリスへのお返しの品もまだでしょう？　貴方がよろしければ、ぜひお供させてください」

「けれど……お父上の傍についていたいんじゃないのか？　おれに無理に付き合わなくてもいいんだぞ」

「今朝は父上の体調も落ち着いていましたし、今日からしばらくは家から騎士団に通うつもりですから」

「なんだか、逆に気を遣わせてしまっているようですまないな」

「いえ、そのようなことはありません。貴方の傍にいられることは、私にとってなによりの喜びですから」

フェリクスはおれの手の甲をするりと撫で、輝くばかりの微笑を浮かべた。

ま、またこのイケメンはそんな台詞（せりふ）をさらっと言ってくれちゃって……！

おれが朝に「加減をしてくれ」って頼んだの覚えてる⁉　そんなふうに言ってもらえるのは嬉しいんだけどさ、心臓に悪い心臓に！

どぎまぎするおれとは正反対に、フェリクスは相変わらず穏やかに笑う。

「そういえば、ガゼル団長も午後からは時間が空くので合流すると言っていました。久しぶりに三人で昼食を取りましょうか」

「ああ、それはいいな」

ガゼルは団長職と言うだけあって、なかなか完全に丸一日休みという日はない。なので、オフの日に三人で会えるというのは珍しいことだった。

おれはその後、フェリクスと共に城下町にある大通りへ向かった。

昨日と同じく、様々な種族の人々で街は賑わっている。パン屋から漂う小麦の匂いや、花売りの屋台に並ぶギンモクセイの香りが辺りに満ちていて、自然と心が浮き立った。

今日もリッツハイム市は平和なようでなによりだ。

しかし、昨日とは違い、今日は見慣れないものがあった。

大通りの真ん中に、立て札が立ててあるのだ。その周囲にはドワーフや獣人、人間族が集まり、ざわざわとその立て札の内容について何事かを囁き合っている。

「おや、なにかあったのでしょうか？」

「おれが見に行ってみよう。フェリクスはここで少し待っていてくれ」

立て札の内容が気になったので、おれはフェリクスに一言告げてから、それを見に行く。

人込みの輪の中に入り、立て札の字を読んでみる。内容はこうだった。

『この付近で出没していた窃盗犯について、葡萄(ぶどう)月二十日に拘束・逮捕に協力いただいた市民の方は白翼騎士団へお越しください。なお、お越しいただいた方にはご本人確認を行う場合がありますので、予めご了承ください』

立て札を読んだ周囲の市民たちは、安堵の息を吐いたり、困惑の表情を浮かべたりと様々な反応を見せていた。

「最近、この辺に出没していたスリ、とうとう捕まったのねぇ？　よかったわぁ」

「やっぱり最近、モンスターの増加のせいで農村からの移住者が増えてきて、王都も治安が悪くなったわよねぇ……」

「でもこの札、どういうことなんじゃ？　スリの逮捕のために騎士団に協力した市民がいるってことなんじゃろうか？　でも、そいつを騎士団が捜しているとはなんだかあべこべじゃのう」

「もしかして、逮捕に協力したその人は報奨金もなにも受け取らずに去ってしまった、ということでは？」

「まぁ、そうだとしたら……なんて謙虚(けんきょ)な方なのでしょうか！」

ふーむ……？　もしかしてこの立て札に書いてあるのは昨日のスリのことだろうか？

もう一度よく内容を読み直しつつ、昨日のことを思い返す。

『拘束・逮捕に協力いただいた市民の方』って書いてあるが、でもこれって明らかにおれのことじゃないよなぁ。昨日のあれは、おじさんが一人で勝手に自爆しただけで、おれはなにもしてないしね。

とすると、昨日はこの大通りで窃盗犯が二人も逮捕されたということか？　それはさすがに違う気もするが……あっ、分かったぞ！

この立て札に書いてある『拘束・逮捕に協力いただいた市民の方』っていうのは、路地裏で後からやってきた白銀髪の男性のことに違いない！

昏倒したおじさんを拘束してくれたのはあの人だった。それに、フェリクスの元に戻るためスタコラさっさとその場を後にしたおれとは違い、あの人はその後も現場に残ってくれてたしな。あの後、彼がおじさんを騎士団に突き出してくれたのかもしれない。

どうやらこの立て札を読む限り、あの白銀髪の男性はスリを騎士団に突き出した後、報奨金ももらにも貰わずに去って行ってしまったみたいだ。

それで、白翼騎士団が彼のことを捜しているということなんだろう。ヒュー、格好いいなぁ！

どうしてあの白銀髪の男性が騎士団から報奨金を受け取らずに去ってしまったのかは謎だが、もしかすると彼にもなにか急ぎの用事があったのかもしれない。それだと、彼に面倒事を押しつけたような形になってしまって悪かったかなぁ。

せめてもの罪滅ぼしに、白翼騎士団にあの男性の情報をおれが伝えてみよう。そうすれば、騎士団が彼のことを捜し出せるかもしれない。

立て札の内容を完全に理解したおれは、フェリクスのところへ戻った。

おれが戻ると、フェリクスは「どうでしたか？」と少し心配げな表情で尋ねてきた。

「ああ、この辺で出没していた窃盗犯がようやく逮捕されたそうだ。その逮捕に協力した市民がいるそうで、その方はぜひ騎士団に来てください、という内容だったよ」

「そうでしたか、それはよいことですね」

「早く協力者が見つかるといいな。こういう時は、騎士団から感謝状を贈ったりするのか？」

「感謝状ですか？　あまり聞いたことはありませんが……でも、面白い試みですね！　協力者の方にも、自分の善意の行動の結果が記録として残せるというのはいいかもしれませんね」

その後は、フェリクスと感謝状の件についてああでもないこうでもないと話をしながら、昨日行くことのできなかった店を一緒に巡った。

はしごした店の中の一つに、焼き菓子を売っている店があったので、そこで売られていた贈答用の小さなクッキーを買ってそれをイーリスのお礼の品にした。そしてもう一つ、昨日見かけて買えずじまいだった果物屋に行って、自分用にドライフルーツを二種類購入した。

果物屋を出ると、時刻はすっかり正午近くになっていた。

ガゼルとは近くの店の前で待ち合わせることになっているそうで、おれはフェリクスの後について歩く。

約束している店は大通りから一本外れたところにあり、赤茶けた煉瓦造りの建物の一階にあった。

店の前には空っぽになった酒樽がまるで塀のように並べてあり、その上にランプが置かれている。

昼間なので明かりはついていなかったが、暗くなってこのオレンジ色のランプを灯せば、この建物がぼんやりと淡く照らされるのだろう。想像するだけで幻想的だ。

古ぼけてはいるがしっかりした造りの木製の扉を開けると、中は三組の客がいるだけだった。その中の一番奥のテーブルに、見慣れたワインレッドの髪の男性を見つけ、おれたちはそのテーブルに近づいた。

「――ガゼル団長、すみません。お待たせしましたか？」

「遅くなってすまない、ガゼル」

「気にすんな、俺も今来たばかりだ」

ガゼルも今日は半日のみではあるが、休養日ということで私服姿だった。

シャツの袖から伸びる腕は筋肉質で、よく日に焼けている。逞しい身体つきに厚い肩はなんとも頼りがいがありそうで、少し離れたテーブルにいた女性たちがあからさまな秋波を送っていた。

だが、当のガゼルは女性に目を向けることもない。この程度のことは、彼にとって日常的なのだろう。イケメンぱねぇー！

「ガゼル、今日はわざわざ来てくれてすまないな。午前は忙しかっただろう？」

「最近はそうでもないんだぜ？　やっぱりポーションが流通し始めたから、冒険者連中が頑張ってるしなァ」

そんなふうにガゼルと会話をしていると、フェリクスが申し訳なさそうな顔で頭を下げた。

「ガゼル団長、昨日はご迷惑をおかけいたしました」

「一泊二泊の外泊許可くらいたいしたことじゃねェから気にするなよ。ま、ようやくお前が親父さんと和解できてなによりだ」

ニカリと気持ちのいい笑顔を向けるガゼルに、フェリクスもほっとしたように肩の力を抜く。

「ありがとうございます。それも……タクミが私の背中を押してくれたからなのです」

「お、そうなのか？　じゃあ今日は俺がお前たちに奢ってやらんといかんな。ほら、タクミはなにを飲むんだ？」

フェリクスとの会話が一段落したガゼルは、正面の椅子に座ったおれに視線を移した。その視線がふっとおれの着ている服に移ったかと思うと、まじまじと見つめられる。

なんだろう？　普段のクソダサのおれならともかく、今日はアルファレッタ伯爵家からお借りしている服なので、服装のセンスは問題ないはずだけどな……？

「今日のタクミはなんだかいつもと雰囲気が違うな。お前、そういう趣味だったか？」

「いや、これはアルファレッタ伯爵家から貸してもらったんだ」

「フェリクスの家から？」

「昨日、タクミは私と一緒に城下町へと出かけておりまして、そこから直接私の家に来ることになったので、着替えがなかったのです。それで我が家にあった替えの服を用意させていただきました」

「ああ、そういうことか」

ガゼルは納得したように頷いた。しかし、その視線はいまだにおれの着ている服へと注がれている。

そ、そんなに着られてる感ハンパないですかね？

あまりにもじっと見つめられて、居心地が悪くなり身じろいだ。

「この格好、おかしいか？　いや、おれには分不相応な物だということは勿論分かっているんだが……」

「うん？　いやいや、そんなことないぜ。初めて見たが、そういう貴族の坊やみたいな洒落(しゃれ)た格好も様になってるぞ。ただ、ずるいなァと思ってよ」

「ずるい？」

ず、ずるいってなんだ。

おれが困っていると、ガゼルは頬杖をついて、からかうように笑みを深くした。

「王都に来たばっかりの頃、俺がタクミに服買ってやろうとした時、断ったじゃねェか。なのにフェリクスからの服は受け取るのか？　フェリクスだけずるいだろ」

「いやあれは……ガゼルに服を買ってもらうのが嫌だったわけじゃないんだ。それに、わざわざおれなんかの服をガゼルが買うこともないだろう？　だいたい、団員には隊服や訓練服が支給されるんだしな」

「隊服はともかく、訓練服なんざ私服の代わりにはならんだろ。それにお前、私服だって数えるほどしか持ってねェじゃねぇか」

「おれはあまり外に出るつもりはないからな。私服なんて必要最低限あればいいんだ」

おれは根っからのインドア派人間なんですよ。

っていうか、あの過酷な訓練の後に、外に遊びに行く皆の体力オバケっぷりをおれは尊敬するよマジで。

だが、おれの言葉にガゼルとフェリクスは眉をひそめた。

「タクミ、お前……」

「……貴方にも事情がおありなのは分かっております。でも、それではあまりにも……」

え？　なにこの空気？

なんだかガゼルとフェリクスが一気に可哀想なものを見る目になったんだけど、なんで？

あれか？「隊舎の外に出るつもりはないって……お前、まだ騎士団内に友達が作れてなかったのか？」って哀れまれてる？

もしくは「事情があるのは分かりますが、それはあまりにも引きこもり宣言すぎますよ」ってドン引きされてる感じ？

す、すみません……

「……よし、飯を食い終わった後は、三人で一緒に服を見に行くとするか。フェリクスもそれでいいよな？」

だが、おれが言い訳という名の反論を述べる前に、ガゼルの方が先に、気を取り直したような口調でフェリクスに話しかけた。

って、ちょっと待ってガゼル!?　なんか服を買ってくれることが決定で話が進んでますけど、おれはまだ了承してませんよ!?

おれは隣に座るフェリクスに視線で助けを求める。

「待ってください、ガゼル団長。タクミが着ているこの服はうちの実家——私の母が手直しをして贈ったものでして、私個人から彼に贈ったものではないのです」

「ほう？」

おっ、いいぞフェリクス！　その調子だ！

「なので、ガゼル団長がタクミに服を贈るというなら、私にもその権利があるかと思います。かまいませんか？」

「なるほど、それもそうだな。じゃあ午後は服屋巡りだなァ」

なんでそうなるのかなぁ⁉

ちょっと待って、今の話の流れおかしくない⁉　おかしいよね⁉　誰かおかしいと言って！

だが、おれが口を開こうとしたところで、給仕人が料理を運んできてしまった。

料理を前にして、ガゼルとフェリクスの話題も他のことに移ってしまったので、すっかり話を戻す機会が失われてしまったのであった。

ちなみに、料理はどれも文句なく美味しかった。白身魚のパイに、付け合わせのマッシュポテトとグリーンサラダ。林檎が一緒に練りこまれた焼きたてのパン。

三人でこうやって外食をするのは本当に久しぶりで、料理の美味しさも相まって、とても楽しいひと時だった。

この楽しい雰囲気を壊したくなくて——結局、ガゼルとフェリクスの申し出を断り切れないまま、今度は洋服屋が並ぶ通りに連れて来られてしまったのである。

「——素敵ですわぁ！　黒髪黒目の青年が騎士団に入団したと風の噂で聞いておりましたが、まさかうちのお店にいらしてくださるとは！　ぜひぜひ、たくさんご試着なさってくださいねぇ！」

満面のにっこにこ笑顔でおれたち三人の接客をしてくれる、妙齢の女性の店員さん。

「悪い、こっちの服は赤系の色はあるか？」

「ございますよぅ！　黒髪黒目だと、どんなお色のお洋服でも映えて素敵ですねぇ。では、こちらをどうぞ」

「ありがとうな。タクミ、ちょっとこっち着てみろ」

「あ、あの、ガゼル。おれは本当にここまでしてもらう必要はだな」

しかし、ガゼルはおれに有無を言わさず「いいから、試しに着てみろよ」と試着室を指し示す。

おれはフェリクスに助けを求めようと、彼を振り返った。

「タクミ、こちらの紫系の上着はいかがですか？　よければこちらも少し羽織ってみてください」

だが、助けを求めたフェリクスからも新たに服を手渡されてしまった。

うん、知ってたこの流れ！

しかし、赤と紫かぁ。……なんとなく、ガゼルのワインレッドの髪と、フェリクスの紫水晶みたいな瞳に似た色だなぁ。

この色を二人がそれぞれ渡してきたのは偶然だろうけど、ご利益がありそうでいいかもね！

強い二人にちなんだ色を身に纏うことで、おれも強く……は無理だな!?

それにしてもさすが、二人は陽キャラ系イケメンなだけあるな。

おれ、自分一人だったら絶対にこの色の服選ばないもん。気がつけば全身まっくろくろすけコーデになっている男ですがなにか？

「あー、着たが……これでいいのか？」

「おっ、いいじゃねェか。じゃあタクミ、今度はこっちのシャツを着てみろよ」

「いいですね、よくお似合いですよ。ではタクミ、今度はこちらの靴をどうぞ」

「ちょっと待ってくれ、一着だけじゃないのか⁉」

新たに手渡された服と靴を抱え、困惑しながら二人に尋ねる。

「なに言ってんだ、それっきりじゃ足りねェだろ。それともその服は趣味じゃなかったか？」

「タクミの好みを教えていただければ、私たちもそれを考慮しますが……」

お、おれの好みって言われても……？　インドア派を通り越して引きこもりなおれは上下ジャージとかざらだからなぁ。趣味がいい悪い以前の問題だよね……

……はっ、しまった！　また、うっかり流されそうになってしまった！

おれが言いたいのは、これ以上、おれなんかに服を見繕ってもらわなくてもいいよってこと！服の趣味とかそういう問題じゃないんだってちゃんと伝えないと！

「ガゼル、フェリクス。二人の気持ちはありがたいんだが、おれは――」

二人の申し出を断ろうとした、その時、店のドアベルがチリンチリンと音を立てた。

エルフの店員さんの「いらっしゃいませー！」という元気いっぱいの声が被さってしまい、おれの声がかき消されてしまう。

しかも、新たに入ってきた客は入店するなり、「あら？　タクミと……ガゼルにフェリクスじゃないの！」と華やいだ声でこちらに近づいてきた。

そのため、完全に言葉を続けるタイミングを逃がしてしまう。

……あの、泣いていいかな？

「なーに、アナタたち、珍しいところにいるじゃないの？　どうしたの？」

「イーリス……こんなところで奇遇だな」

新たに入ってきた客は、黒翼騎士団幹部であるイーリスだった。

彼も、今日は休養日だったらしく私服姿だ。レースやフリルがあしらわれた女性的なシャツを身に纏っているが、それを優美に着こなしているからすごい。おれが同じ格好をしていたら大道芸人と間違われること請け合いである。

どうやらイーリスはこの店の常連らしく、慣れた様子で店員に挨拶をした後にこちらに近づいてきた。

「イーリス、お疲れ様です。実は今、私とガゼル団長でタクミの服を見繕っていたところでして……」

フェリクスが事の次第を彼に説明すると、イーリスはふんふんと頷いた。

あっ！　そうだ、ここでイーリスが来てくれたのは幸運だったのでは⁉

彼が来てくれたのだから、これでガゼルとフェリクスも正気に戻ってくれるかもしれない。

さぁイーリス、二人に言ってくれ！

「服とかそんなに買ってあげなくても大丈夫でしょ？」とか、「タクミには宝の持ち腐れじゃない？」とか、なんでもいいぞ！　でも、できる限りオブラートに包んでくれるとおれが嬉しい！

期待を込めた目でイーリスを見つめる。

「――というわけでして。なのでイーリス、よければ貴方も一緒に見てくれませんか？」

「なにそれ面白そう、やるやるー！　ちなみに、私も服代出せば、タクミのこと着せ替えていいのよね？」

フェリクスの説明を聞き終えたイーリスは、頬を上気させ、キャッキャッとはしゃぐ。

いいわけないよーー!?　どうしてそうなるの!?

だが、おれの心の叫びもむなしく、イーリスの参戦を食い止めることはできなかった。そして、敵対戦力が三人になると戦況はより一層厳しくなり、結局この日は日が暮れるまで四人で服屋巡りをする羽目になったのだった……

……………今日一日だけで十着以上も服が増えたよ、わーい……

◆

「いらっしゃいませ……あれっ？　タクミさんじゃないですか！　お久しぶりです」

「ああ、久しぶり」

次の休養日、おれは一人である店を訪れていた。

ここは城下町にある香水屋で、店の前には『イングリッド・パフューム』という看板が出ている。

このお店は看板通り香水屋なのだが、ポーションの錬成も行っている。

何故ポーション製作と香水屋を兼ねているかというと、どちらも『錬成』スキルを持つ『アルケミスト』という職業の者しか作れないからだ。

「突然すまないな。もしかして忙しかったか？」

「いえいえ、大丈夫です！　それにどんなに忙しくても、大恩人のタクミさんをないがしろにするようなことはしませんから！」

ニコニコと人当たりのいい笑顔を向けてくるメガネっ子の店員さん。

彼女もまたアルケミストであり、この香水屋は彼女の祖母と二人で回している。

「閑古鳥が鳴いていたうちのお店に、客足が戻ってきたのは黒翼騎士団の皆さんのおかげですから！　ポーションの錬成を一任していただいたおかげで、『騎士団御用達』の箔がついたのはやっぱり大きいですねぇ。黒翼騎士団は市井で一番人気がありますしね！」

彼女はカウンター前の椅子をおれに勧めると、店の奥にいったん戻り、ティーカップに紅茶を淹れて戻ってきた。

礼を言ってそれを受け取ると、おれはメガネっ娘店員さんと二人並んで紅茶を飲む。

あ、美味しい。

「黒翼騎士団ってそんなに人気があるのか？」

「ありますよぅ！　実力主義で身分種族の差別もなく、どんな戦でも負け知らず！　この前のワイバーン戦での活躍だってそうですし……それにそれに、やっぱり団長のガゼル様は格好いいですよねぇ！　平民が剣一つで騎士団団長にまで上りつめるなんて、なかなかできないことですし。私たちにとって憧れの方ですよ！」

おっ、メガネっ子店員さんはガゼル推しです？　うんうん、うちのガゼル団長は格好いいもんな！

「あっ、でも勿論タクミさんも人気がありますよ！　最近、うちのお店に来るお客様の中には『黒翼騎士団の新入りの子が贔屓にしてるお店ってここなのかい？』『噂の黒翼騎士団の子って、だいたいいつ頃ここに来るのかな？　本当に黒髪黒目なのかい？』って尋ねてこられる方も多いんですから！」

メガネっ子店員さんは喜色をあらわにして、ずいっとこちらに身を乗り出した。しかし、彼女の発した言葉が理解できず、おれは小首を傾げる。

「ん？　おれなんかに会ってどうするんだ？」

「え？」

「ガゼルやフェリクスなら分かるが、おれなんかに会っても時間の無駄でしかないと思うが……もしかして、おれを通して黒翼騎士団に探りを入れるつもりなのだろうか？」

「ええ……それ、本気で言ってます……？」

何故かメガネっ子店員さんがびっくりした様子で、まじまじとこちらを見つめる。

おれは神妙な顔で、そんな彼女にこくりと頷いてみせた。

「貴重な情報をありがとう。ガゼルやフェリクスには、注意しておくように伝えておくよ。無論、おれも充分に注意しよう」

「う、う━ん!? 微妙に伝わってないような気がします!? あっ、でもガゼル様たちに伝わるなら、ガゼル様たちがガードしてくれるだろうから結果オーライかな……?」

メガネっ子店員さんはしばらくうんうんと唸っていたが、気を取り直したようにおれに向き直った。

「と、ところで、タクミさんが今日訪れてくださった理由ってなんです？ もしかして、またポーションに続いてなにか新薬の錬成方法を……!?」

「しっ……それはおれじゃなくて、ガゼルとフェリクスが作ったものだぞ」

「あっ！ す、すみません！」

「新薬の錬成というのは、まぁ、そうなんだがな。だから、これはポーションの件以上に内密に頼む」

「な、内密にですね」

ごくりと唾を呑み込んで、緊張の面持ちになるメガネっ子店員さん。

そして、おれは彼女に、必要な材料と覚えている限りの錬成の手順を伝える。

必要な素材はかなり値が張る代物だが、手に入れられないことはないだろうから祖母と相談をしてみる、と彼女は言ってくれた。

「素材の取り寄せに少し時間がかかるかもしれませんが……」

「それは大丈夫だ。だが、手に入り次第、なるべく早く錬成に入ってくれると助かる」

今回、おれがメガネっ子店員さんに錬成を頼もうと思っているのは『エリクサー』だ。

そしておれはそれを、フェリクスのお父さん……アルファレッタ伯爵に渡すつもりだ。

まず、ゲーム『チェンジ・ザ・ワールド』におけるポーションとエリクサーの違いを説明しよう。

ポーションというのは、体力回復・怪我の治癒を行う魔法薬だ。

だが、ポーションは病気を治癒することはできない。病人の体力を回復することはできるが、それはしょせん対症療法でしかない。

対して、エリクサーというのは、投薬された人のコンディションを最善の状態にまで戻す魔法薬だ。

そのため、エリクサーには体力回復・怪我の治癒・魔力の回復・病気の治癒という効果がある。まさに魔法的ともいえる万能薬なのだ。

『チェンジ・ザ・ワールド』では、主人公がポーションの次にこのエリクサーを開発して、隣国の王族の病気を治療するイベントがあった。

だが、このエリクサーも完璧な万能薬というわけではなく、例えば先天的なアレルギーや持病を治すことはできない。

それでもエリクサーにはポーションと比べて素晴らしい点がいくつもある。

まず、ポーションではできない病気の治癒がエリクサーでは可能だ。それに、人間ではなくモンスター相手にもエリクサーは効力を発揮する。

人間に使った時と、モンスター相手に使用した時ではエリクサーの効果は異なってくるが……まぁ、これは今回は関係ないな。

「……これは騎士団というわけではなく、おれ個人の依頼だ。もしも錬成が成功しても、すまないが、内容はまだ誰にも漏らさないでくれ」

「わ、分かりました……そうですよね、貴重な新薬ですものね！　はい、もちろん情報は厳重に取り扱いますとも！」

真剣な面持ちでこくこくと頷くメガネっ子店員さん。

まだこの世界に存在しないはずのエリクサー。それを作り出せればフェリクスのお父さんを助けることができるだろう。

持病を完治させることは難しいかもしれないが、症状を改善させることは可能なはずだ。

「面倒な仕事を頼んで悪いな」

「いえ、大丈夫ですよ！」

申し訳ない気持ちになり、眉尻を下げて謝ると、彼女は頬を染めてぎゅっと拳を握った。

そうして、メガネっ子店員さんにエリクサーの錬成を依頼し、しばし雑談を楽しんでから、おれは店を後にした。

彼女は、わざわざ玄関口まで見送りにきてくれる。

「本業が忙しいなら、無論、そちらを優先してくれ」

「いえいえ、むしろタクミさんからの依頼とあれば、真っ先に優先いたしますよ！　タクミさんがうちにポーションを持ち込んでくれたからこそ、うちのお店も助かったわけですし！」

それに、とメガネっ子店員さんは言葉を続けた。

「タクミさんは私にとって大恩人ですが……その前に、とってもいい人ですから。だから、タクミさんのご依頼は最優先で引き受けますよ」

にこにこと微笑みながらそう言われて、店を去ろうとしていたおれの足が止まった。

「いい人？　おれがか？」

「はい、タクミさんはいい人ですよ」

「……どうしてそう思ったのか分からないが、それは買い被りだな」

思わず苦笑いを浮かべてしまう。

だが、メガネっ子店員さんはぶんぶんと首を横に振った。あまりにも首を振りすぎて、三つ編みにした髪がぶつかりそうになったくらいだ。

「そんなことありませんよう！　だって、タクミさんはリッツハイムの生まれじゃないのに、騎士団に所属して先陣を切って国難のために戦ってくれたばかりか、ポーションっていう偉大な魔法薬をこの国にもたらしてくれたのですよ！」

興奮気味に話す彼女に、おれは慌てて人差し指を口の前に立てた。

「あの、何回も言うけどポーションはおれじゃなくてだな」

「ああっ！　私ったらまたすみません！　え、ええっとですね、それで、私の言いたいことはですね……その、タクミさんのやったことって、私利私欲でできることじゃないと思うんです」

黙り込んだおれを見て、メガネっ子店員さんがふふっと優しい笑みを零した。

「きっと……誰か、大事な方のためなんですよね？　だから誰かのためにそんなふうに頑張れるタクミさんは、すごくいい人だと思うんです」

「………」

「それでは、ご依頼の品が完成したら騎士団宛にご連絡いたしますね。内容は伏せて連絡するようにしますから」

「……ああ、頼む」

なんとか、その一言だけを絞り出した。

メガネっ子店員さんの人のいい朗らかな笑みに、おれの胸はちくちくと痛む。

おれが彼女に依頼したエリクサー。

ポーションでさえこのリッツハイムに瞬く間に流通し、人々に浸透したのだ。このエリクサーの情報を知らせれば、この国の発展に大いに役立つだろう。

でも、おれはそうする気はなかった。

おれは、このエリクサーのことを他の誰にも知らせる気はない。おれの独りよがりのエゴイズムな理由から。

もちろん彼女は、それを知らない。

それを知らないで、おれが依頼した品を誠意を持って作ろうとしてくれているのだ。

「っ」

罪悪感でいたたまれなくなり、おれは彼女の視線を振り切るように扉に手をかけた。

しかし、おれが触れるより先に店の扉が開いた。

新たに客が入ってきて、その巨体に一気に視界が暗くなったように感じた。そして、その新たな客は、おれの顔見知りだった。

「――オルトラン団長？」

「なんだお前か、タクミ。ドアの前でなにをしているのだ？」

リッツハイム魔導王国の黄翼騎士団団長、オルトラン・マックオーネ。

鳥系獣人である彼の身長は二メートルを超え、筋骨隆々（きんこつりゅうりゅう）としている。がっしりとした腕にはうっすらと羽毛が生え、彼が獣人であることが見て取れる。鋭く切れ上がった目は猛禽類（もうきんるい）のようで、彫りの深い顔立ちは見惚れるほど精悍（せいかん）で雄々しい。

オルトラン団長は、おれとメガネっ子店員さんを訝（いぶか）しげに見ている。おれは、自分もちょうどこの店に用事があって訪れたところであり、今から帰ろうとしていたのだと説明する。

「そうだったのか。では、自分の用事が終わるまで待っていろ」

「え？」

「隊舎まで送っていってやる。城下町でも、お前のような容姿で一人歩きしていると、よくない輩に目をつけられるぞ。今日はアルファレッタやリスティーニはいないのか？」

「今日は、この店に用があるだけでしたので……」

フェリクスは、しばらくは隊舎ではなくて実家の伯爵家から騎士団に通うことになった。

そしてガゼルやイーリスは、今日は休養日ではなかったので、おれ一人でこの店に来た次第である。それに、この香水店なら今までも何度も訪れているしね。

　だが、おれの返答にオルトラン団長は眉をひそめた。

「ずいぶんと危機感のないものだな。まぁ、いい。自分の用事はすぐ済むから適当に座って待っていろ」

　おれの返答を待たず、オルトラン団長はそう言うとさっと店の奥に進んでいった。その後をメガネっ子店員さんがあわあわとついていく。

　オルトラン団長はそんな彼女や、ぽかんと立ち尽くすおれに構わず、勝手知ったる様子で店の棚からぽいぽいと商品を選び始めた。

　え、えーっと……？

　オルトラン団長が、わざわざおれのことを送ってってくれるの？　隊舎まで？

「オルトラン団長、お気遣いは嬉しいのですが……黄翼騎士団の団長である貴方に、わざわざそのようなことをしてもらわなくとも、おれは一人で帰れます」

「自分の帰り道でもあるから、たいした手間ではない。いいから大人しく待っていろ」

　こうまで言われると、もはやオルトラン団長の厚意を無下にするのも躊躇われる。

　その後、オルトラン団長は香水屋での用事を済ませると、「では行くぞ」とおれに声をかけて、来た時と同じく颯爽とした足取りで店を出ていった。

　おれが慌てて追いかけると、オルトラン団長は店を出たところでじっと黙って待ってくれていた。

　そしておれが並ぶのを確認して、二人で騎士団の隊舎までの道を歩き始めたのであった。

「…………」

「…………」

……か、会話がなーい！

気まずさに襲われながら、ちらりとオルトラン団長を横目で見上げる。

しかし、本当に背の高い人だなぁ……

鳥の羽根に似た緑がかった金髪が、風に靡いて揺れた。鋭い黄土色の瞳は、陽光を受けて油断なく鋭く光っている。

今日の彼は、いつもの黄翼騎士団の隊服ではなく、ざっくりと胸元が大きく開いたシャツに、濃紺のズボンと同色の上着を肩に羽織っていた。

おれが同じ格好をしたらやさぐれた浮浪者にしか見えないだろうに、がっしりとした体格のオルトラン団長が着ていると本当に様になっていて格好いいなぁ。羨ましいよ、本当。

「……なんだ？　自分の顔になにかついているか」

と、視線に気がついたオルトラン団長が、じろりとこちらを見下ろした。

「いえ、獣人の方はオルトラン団長みたいに皆、体格がいいのかと思いまして……気に障ったようなら申し訳ありません」

「なんだ、そんなことか」

おれの質問に、彼はつまらなそうに肩を竦めた。

「人族と比べれば、ほとんどの獣人族は体格が勝るな。だが、体格のよさが戦場での強さに直結するとは限らんがな」

「なるほど」

か、格好いい……！

さすが黄翼騎士団の団長様の言葉は含蓄があるなぁ。

おれもいつかそんな男前な台詞を言ってみたいもんだぜ！　もやしのおれには一生ご縁はないだろうけどね！

「自分としては、やはりタクミの『黒』の容姿の方が珍しいがな。その容姿では城下町以外に行くのはなかなか困難だろう」

「下町には、まだ行ったことがありません。行ってみたいとは思っているのですが……」

「まぁ、アルファレッタの奴がお前を一人で行かせはしないだろう。あれにしては珍しく、お前にご執心なようだしな」

「珍しいですか？　フェリクスが？」

「そうだな。自分の知っているアルファレッタは……冷静沈着で、滅多に自分の感情を見せない男だった」

「……冷静沈着というのは合っていると思いますが、後半が、今のフェリクスとは少し結びつかないような気がします」

脳裏におれを前に頬を赤らめたり、しょぼんと落ち込んだりするフェリクスの顔が次々と浮かんでいく。どちらかといえば、彼は感情表現が豊かな方な気がするが……

「お前と出会う前のアルファレッタのことだからな。黒翼騎士団に入団する時に、あれは色々と周囲を騒がせた。その負い目で、恐らくは自分の私欲を押し殺すように振る舞っていたのだろうよ」

「負い目、ですか。それなら分かる気がします」

そう言われると、確かにフェリクスならそうするかもしれないと思った。

フェリクスは責任感が強く、真面目な人なのだ。とっても。

「そういえば、あの店にはなにか用事があったのか？　またポーションの件で進展でもあったか」

「いえ、おれの私的な用事です」

「ふむ？」

オルトラン団長の質問に心臓バックバクになりながら答える。

答えて、気がついた。

……今日、おれがあの香水店を訪れてたってこと、オルトラン団長に見つかっちゃったのってマズくない？

だっておれ、黒翼騎士団の皆に気づかれないようにこっそりエリクサーを作って、こっそりアルファレッタ伯爵に渡すつもりなのに！

メガネっ子店員さんには、作ってもらった後で「使ってみたけど効果がイマイチだったから実用化はもうちょい検討するね」「素材が高価すぎてコスパが悪いから、実用化はちょっと見送るね」とか説明すればいいかなと思ってたけど！

っていうかコスパが悪いのは本当なんだよねー。メガネっ子店員さんに渡す素材の代金で、おれのこの世界での貯金が全部吹っ飛びましたし……

うう、財布が軽いぜ……！

しかし、どうしよう。メガネっ子店員さんにはおれの個人的な依頼だと説明してあるから、錬成した薬の内容をみだりに言いふらすことはないだろう。

だから、問題はおれだ。

自慢じゃないが、おれはあまり突っ込まれると思わずポロッとボロを出しかねないぞ、マジで！

「……ふむ。私的な用事、か」

「はい」

ようやく道の先に、黒翼騎士団の隊舎が見えてきた。

こんな状況でなければオルトラン団長とお別れするのを寂しく感じたかもしれないが、今の状況ではホッとしてしまう。

「――ふん。今のお前には、どうも迷いがあるな」

「え？」

だから、オルトラン団長が鋭く言葉を投げかけてきた時、おれは完全に気を抜いていた。

そのまま歩き続ければよかったのに、思わず身体が竦んだように足を止めてしまい、オルトラン団長をまじまじと見上げてしまった。

これでは、オルトラン団長の言葉が図星をついていたと告白しているようなものだ。

そんなおれを、オルトラン団長は目を細めて射竦める。

「初めてあの店で会った時のお前は、騎士としては甘すぎる男のように見えた。だが、その弱さと甘さを補って余りあるほどの、確固とした覚悟があった」

「——っ」

「少なくとも、自分にはそう見えていた。あの時のお前は、真っ直ぐで、迷いのない瞳をしていた。……だが、今のお前はまったく違う」

オルトラン団長は、抑揚のない声でそう告げた。その声は、特段、おれを責めるような響きを含んではなかった。ただ淡々と事実を突きつけてくる。

だからこそ、より一層、胸に深く刺さった。

「……おれは……」

なにかを言わなければいけないのに、まったく言葉が出てこない。

それきりなにも言えなくなってしまったおれを見て、オルトラン団長は肩を竦めた。そして、再び静かな声で告げた。

「タクミ、お前、今のままでは死ぬぞ」

「っ！」

「お前はただでさえ優しすぎる男だ。まったくもって、騎士には向いていない。その上で、自分の胸の内に迷いを抱いているようであれば、それはいつかお前の命取りになる。……肝に銘じておけよ」

それだけ言って、オルトラン団長はくるりと背を向けて去っていった。

……おれは、その背中になに一つ、答えを返すことができなかった。

しばらく、おれはそこでぼうっと一人で突っ立っていたが、しばらくしてからのろのろと足を動かして騎士団の隊舎へと歩き出す。

この時間なら、恐らく、皆はまだ訓練や勤務時間中だ。夕食を食べに行くのなら、食堂が混んでいない今のうちに行って済ませた方がいいだろう。

だが、どうにもそちらに足が向かなかった。

オルトラン団長の言葉が、ぐるぐると頭の中を回っている。

『今のお前には、どうも迷いがあるな』

……そうだ。おれは、今の自分の行動に迷いがある。

前回はおれはただがむしゃらに、黒翼騎士団の壊滅イベントを回避することだけを考えて突っ走った。

だが、その結果、思わぬ影響を各方面に与えてしまったのだ。

ガゼルやフェリスクがポーション開発者として国に表彰されたこと。そして――『チェンジ・ザ・ワールド』の主人公がこの世界に召喚されなくなったこと。

過去の自分の行動を、間違いだったと思っているわけじゃない。

けれど、今のおれはもう知ってしまった。

自分の行動で、元々定められていたゲームシナリオが大きく変わってしまうことがあるのだと。

だから、エリクサーの錬成方法を知っているのに、ガゼルやフェリクス、他の皆には内緒にしようとしている。

だから、アルファレッタ伯爵だけを助けようとしている。

エリクサーさえあれば助かるかもしれない重篤な病人や怪我人が、この国には他にもいるだろうってことも、必死で考えないようにしている。

なのに。そのくせ、アルファレッタ伯爵を助けることすら、心の奥底では決断しきれていない自分がいるのだ。

アルファレッタ伯爵を助けることで、この先のゲームシナリオにまた影響が出てしまうのではないかと。その影響が、黒翼騎士団の皆にとって悪い結果に繋がってしまったらと、心の中では怯えている自分がいる。

大切な人の大切な存在を助けたい。この国で出会った、大好きな人たちにずっと笑顔でいてほしい。

だからおれのできることはなんでもしたい。

でも、それは所詮おれの自己満足でしかないのだろうか？

むしろ大切な人たちを苦しめ、悲しませる結果になってしまうのだろうか？

心の奥底にある――自分の意思を、決断を、自分自身で信じきれていないおれの弱さ。

きっと、オルトラン団長はそれを見抜いたのだ。

「……自分の弱さが嫌になるな……」

色々なことを考えると、自己嫌悪に苛まれ、ますます胃が重くなった。まるで鉛を呑み込んだみたいだ。握りしめる掌から、すっと血の気が引いてく。

もはや食堂に行く気にはなれず、おれは自分の部屋の方へふらふらと向かった。

もういい。もう、今日はこのまま身体を拭いたらベッドに潜って眠ってしまおう。なにも考えたくない。

だが、今日はどうも偶発的に人と会ってしまう日らしい。

廊下の向こうから、隊服姿のガゼルがこちらに歩いてくる。

どうやら彼は仕事を終えたところのようで、手元に大量の書類を抱えていた。ガゼルはおれの存在に気づくと、ニカッと白い歯を見せて笑った。

「よう、タクミ。この間はフェリクスのこと、ありがとうな」

「いや……」

「もう飯は食ったか？　俺は今から食堂に行くところなんだが、一緒にどうだ」

今はガゼルの顔を見るのも辛く、おれは逃げるように彼から視線を逸らした。そして「じゃあ、また明日な」と行って、ガゼルの横を通り過ぎ、その場を去ろうとする。

「悪い。もう外で済ませてきたんだ」

だが、その前にガゼルがおれの肩をがしりと掴んできた。

びっくりして、おれはガゼルの顔を見上げる。

オルトラン団長ほどではないが、それでもガゼルはおれより頭一つ分は大きい。

そんなガゼルの金瞳が、まるでおれの心の奥底を見透かすように、真っ直ぐな眼差しでじっとおれを見つめた。居心地が悪くなり、おれは身じろいでガゼルから離れようとしたが、彼の掌がおれの肩を一層がっちりと掴む。

「な――なんだ、ガゼル。食堂に行くんだろう?」

「どうした、タクミ?」

「え……」

「お前の今の顔、見ちゃいられねェぞ。なにがあった?」

「――――っ」

思いがけないガゼルの言葉と、おれを心配そうに見つめてくる瞳に、不意に胸が締めつけられ視界が潤む。肩を掴む彼の掌が温かく、そして優しく、切なさが押し寄せる。

慌てて顔を俯(うつむ)けて「なんでもない」と声を絞り出す。だが、その声は自分でも分かるほどか細く、震えていた。

「なんでもないって面じゃあねェな、ったく。ほら、ちょっとこっち来い、タクミ」

「っガ、ガゼルっ!? ゆ、夕食はいいのか?」

「そんな顔したお前を放っといて、飯の味なんか分かるかよ」

ガゼルはおれの手を掴むと、一番近い部屋の扉を開けて入った。

おれもなかば無理やりその部屋に入らされる。そこは座学用の自習室だったが、この時間は誰もいなかったため、二人っきりだ。

ガゼルは後手で部屋の扉の鍵をかけてから、ようやくおれの手を離してくれた。

「これで他の奴には見られねェな。……それで、なにがあったんだ？　もしかしてオルトランの奴になにか言われたのか？」

「っ、見てたのか？」

「まぁ、あんなに堂々と二人並んで帰って来られちゃな。でも、途中でオルトランは行っちまったみてェだからたいして気にはしてなかったんだが……」

よかった。幸い、ガゼルが見ていたのはおれがオルトラン団長と別れた直後だけだったらしい。隊舎から姿を見かけただけなら、おれとオルトラン団長の会話は聞かれてはいないだろう。

厳しい顔をしてこちらを見つめるガゼル。おれのことを心配してくれているのが伝わってきて、おれは申し訳なくなり目を伏せた。

「別になにもない。むしろ、オルトラン団長は忠告してくれただけだ」

「忠告？」

「……おれがあまりにも、至らないからだ」

本当、オルトラン団長に自分の迷いを見抜かれた挙げ句、ガゼルにもこんなに心配をかけるなんて……

人に迷惑をかけてばっかりの自分が嫌になる。

「なにがあったのかは俺に教えてくれねェのか？」

「………」

「その様子じゃ、駄目みてェだな」

そう言うと、ガゼルは肩を竦めた。多分、こんなおれに呆れてしまったに違いない。

……おれは本当になにをしてるんだろうか。

自分で決意したはずのことさえ、心の奥では迷っていて。オルトラン団長にもガゼルにも迷惑をかけて。ああ、もう、本当に自分が自分で嫌になる。どうしておれはいつも――

「――タクミ」

「っ⁉」

俯いて床を見つめていたおれの髪に、不意に、温かいものが触れた。

そのままぐいっと身体が引き寄せられ、顔にやわらかいものが押しつけられる。

突然のことに慌てたが、それがガゼルの胸板で、おれの後頭部に触れているものがガゼルの掌だということはすぐに分かった。

ぎょっとして顔を上げようとしたが、それを制するように、ガゼルが掌でおれの頭を押さえる。

「ガ、ガゼル？」

「お前になにかあったのは分かった。それが、俺には言えねェってことも分かった」

「っ」

「なら、言わなくてもいいさ。前にも言ったろう？」

「え……」

ガゼルの言葉に、驚いて目を瞬かせる。

そんなおれの頭を、ガゼルの指が髪を梳くようにして優しく撫でる。

――ガゼルが言った『前に』というのは、ポーションの錬成方法を初めてガゼルに見せた時だ。

ガゼルはあの時も、どうしておれがそんな物の作り方を知っているのか、聞かずにいてくれた。

そして今もなお、同じことを言ってくれているのだ。

「き、聞かないのか？　でも、それなら、何故おれをこの部屋に……」

「そりゃ、珍しくタクミが参ってるみてェだったからよ。俺でよけりゃいくらでも胸を貸してやるから、ちょっとくらい甘えてけよ」

そう言うと、ガゼルのもう一方の手がおれの背中に回って、ぎゅうとおれの身体を抱きしめた。

ガゼルの方が上背があるので、身体全体がすっぽりと包まれ、心地いい。胸の奥に、彼のぬくもりがじんわりと浸透していくようだ。

トクトクと一定に響くガゼルの心音に耳を傾けながら、おれはおもむろに口を開いた。

「……ガゼルは……」

「うん？」

「何故、そんなに優しいんだ？　どうしたら、おれもガゼルみたいに強くなれるんだろうか……」

顔をガゼルの胸板に押しつけたまま、おれは彼の服をぎゅっと掴んで、恐る恐る尋ねた。

その優しさが、強さが羨ましい。

ガゼルほどの強さがあれば、おれももっと上手く立ち回れるのだろうか。自分の決意に迷いを抱かずに、真っ直ぐ進めるのだろうか？

問うと、ガゼルは緩くおれの背を撫で上げた。

「んー……俺がお前さんに優しくできるのは、まァ、惚れた弱みってのもあるけどよ。でも俺も昔、言ってもらったんだよ。今の言葉と同じようなことをな」

「同じ？」

「先代の黒翼騎士団の団長だよ。俺がまだ騎士団見習いの時にな」

おれはおずおずと顔を上げる。すると、こちらを見下ろす金瞳とばっちり視線が合った。

そして、ガゼルはおれの頬に指を滑らせると、「ようやくこっち見たな、タクミ」と言って、安堵したようにやわらかく微笑んだのだった。

◆

俺やイーリスが、貧民街の出身だったのは話したか？

ああ、そうだ。俺もイーリスも元々は孤児でな。

俺の故郷の村は……モンスターに襲われてな。なんとか全滅は免れたが、それで俺の親も兄弟も皆死んじまったよ。俺が九歳の頃だな。

妹と弟はまだ六歳と四歳で、兄貴たちだって二十歳そこらになったばっかりだったのになァ。特に一番上の兄貴はずっと俺を可愛がってくれて、読み書きを教えてくれたのも兄貴だった。襲撃の時に、俺を逃がしてくれたのも兄貴だった。

……真っ先に俺を逃がしてくれたんだよ。

モンスターの襲撃で、もう家も畑も全部ダメになっちまってな。

それで、生き残った村の連中は近くの農村に受け入れてもらったり、伝手(つて)を頼って別の街に行ったりしたんだが、俺とあと数人の生き残りは、どこにもあてがなかった。だから、仕事を求めてこの王都、リッツハイム市に来たんだ。

王都に辿り着くまでに、二年かかった。その途中で、仲間が二人死んだよ。モンスターの襲撃の時の怪我が元で死んだのと、道中に熱病にかかってな。

……で、必死の思いでようやく王都に辿り着いた俺たちは、貧民街に移り住んで、仲間内で支え合って暮らしていた。

イーリスとはその頃に知り合ってな。アイツとも最初は色々、縄張り争いでぶつかりもしたが、それを乗り越えた後は親身になってくれた。

それから貧民街で三年暮らして、俺は十四歳になった。

十四になれば、騎士団見習いの試験を受けることができる。俺はすぐに受けに行った。

土木作業や煉瓦(れんが)造りの日雇いの仕事ばっかりしてたからな。体格はそこそこよかったから、試験は無事に合格して、見習いになることができた。

ん？　どうして騎士を目指したのかって？

いや、別に最初から真面目に騎士を目指したわけじゃないんだ。

俺が騎士団見習いになったのは、貧民街上がりのガキがマトモな定職に就こうと思ったら、それが一番手っ取り早かったからだよ。

村を襲ったモンスターへの復讐とか、自分と同じ境遇のガキを作らないように、なんて思いもなかったわけじゃねェが、それよりもまずは自分と仲間の生活が第一だった。

貧民街で暮らした三年の間に、さらに仲間が二人死んでな。一人は日雇いの仕事の最中に、資材の下敷きになったんだ。ずさんな現場での事故で、見舞金どころか、謝罪一つなかった。

もう一人は、流行病にかかった。

治らない病気じゃなかったんだがな、俺たちには薬を買う金がなかった。

なんとか俺たちで薬代を工面しようとしたんだが、そいつは「今までありがとう。一足先に、家族のところに向かいます」と書き置きを残して、たった一人で俺たちのもとを去っていっちまった。

俺を含めて十人いた村の仲間は、もう六人しか残ってなかった。

あとの五人を、俺はなにがなんでも守りたかった。血の繋がりはなくとも、あいつらは俺にとって大事な仲間で家族だった。

それで、見習い騎士になったわけだ。

正式な騎士団員になるためには、まず見習い騎士として働いて、それから希望する騎士団の入団試験を受ける。俺の身分だと平民上がりの者が入団する緑翼騎士団か、人種身分関係なしのごった混ぜの黒翼騎士団のどっちかだ。

……俺は当時、自分は緑翼騎士団に入るだろうなと思っててな。

それに、個人的にも緑翼騎士団の方がよかった。

ははっ、また驚いてるなァ。そんなに意外だったか？

いやいや、だってよ。正直、黒翼騎士団って人種身分関係なしの実力主義って言えば聞こえはいいが、逆に言えばどんな奴がいるか分からねェだろ？　なら、自分と同じ平民がいる緑翼騎士団の方が肩肘張らないでいいかと思ってよ、ははは。けれど、途中で……俺が騎士団見習いとして勤め始めて、十九歳になった頃だ。ちょっとした出来事があってな。

俺たちの仲間の一人……移り住んだ仲間の中で一番年上の男だったんだがな、俺が騎士団に入団するのと時を同じくして、そいつが小さい店を立ち上げた。

人当たりのいい奴だったし、元々故郷の村でも商いをやってたから、店はすぐにそこそこ軌道に乗り始めた。

その矢先に、ある商会から仲間が訴えられちまってな。

訴えた側の男が言うには、俺の仲間が店のために購入した土地は本来自分の土地だという。それを仲間が不法占有したっていう話だった。

俺の仲間も土地の権利書は持っていたし、役所にしっかり届出をした上で商売してたんだが、なんと仲間の持っていた権利書は偽物だったことが分かった。

結局、その商会と仲間の間で話が平行線になっちまって、拗れてなぁ……商会側から訴えられた仲間は、身柄を拘束されることになっちまった。

当時、この事件の調査を担当したのが黒翼騎士団だった。

見習い騎士だった俺は、仲間たちとまだ貧民街で一緒に暮らしていたから、俺も黒翼騎士団と、当時の騎士団の上役のお偉いさんから取り調べを受けることになった。

俺は必死で訴えたよ。確かに俺たちは貧しい暮らしをしてるが、それでも仲間は詐欺の片棒を担ぐほど落ちぶれちゃいないって。

だが、状況は俺たちにとって不利だった。

訴えた側の商会は大店だったし、話も筋が通っていた。

当時の黒翼騎士団団長……先代と顔を合わせたのは、あれが初めてだった。

必死で訴える俺に対して、先代はこう言ってきたんだ。

「分かっちゃいると思うが、お前さんは仲間が無罪だと言い張ってるがな、状況的にはかなり不利だぞ。商会の持ってる店の権利書は本物だし、土地が売買された記録だって商人ギルドにゃ残ってないんだ」

「それでもアイツは……そんなことができる男じゃないんだ。王都に来るまでの道中、アイツがいなけりゃ、俺らだって野党に身をやつしてたかもしれない。でも、あの人が最後まで皆を励ましてくれたから、なんとか道を踏み外さずに今までやってこれたんだよ」

拳を固く握り締め、必死に訴える俺の言葉に、お偉いさんは一様に眉をひそめた。

けれど——先代はふっと笑った。緊迫した空気にはそぐわない、ひどく穏やかな微笑だった。

「……そうか。ならこの件、俺たち、黒翼騎士団でもう一度調べ直してやる」

「っ、本当か!?」

「なっ……！　そ、そんな勝手は許されませんぞ！」

「事件調査のなにがどう許されねェんだよ。とりあえず、取り調べは終わりだ。このガキと拘束してるあの兄さん、二人とも、帰してやんな」

そう言ってから、先代は俺の頭をぐしゃぐしゃに撫でて笑いかけてきてな。その言葉通り、俺と仲間はようやく家に帰れることになった。

家に帰った後、状況を知った仲間たちは俺に、

「今のうちに王都から逃げた方がいいんじゃないのか？」

「もしも騎士団の調査が無駄足に終わったら、彼は投獄されちゃうんでしょう⁉」

「本当に調べてくれるの？　私たちのような貧民街の子供のために、働いてくれる人がいるわけがない」

なんて口々に言ってきたよ。

でも、俺は何故だか先代のことを信じてみたくなった。そして、仲間とそのまま留まることを選んだ。

俺と仲間たちがやきもきすること一週間——あの人が、俺らの住むあばら家にやってきた。

びっくりしたぜ。まさか、騎士団の団長様が俺らの住んでいるような貧民街にまで、わざわざ来てくれるとは思ってもみなかったからな。

先代は家に入ってくると、「待たせちまってすまなかったな」と仲間に言った後、俺たちに一枚の紙を渡した。

それは、正規の土地の権利書だった。驚く俺たちを前に、先代は哄笑（こうしょう）して、この一週間の出来事

を話してくれた。

事の次第はこうだ。

商人には息子が三人いたんだが——その内の末の息子が金遣いが荒くてな。ある日、店の金を使い込んじまったらしい。その金を補填するために、そいつが商会の持っている権利書を複製して土地を売ってたんだと。

いやらしいことに、俺らのような貧民街に住んでる連中を狙って、小さな土地を売りさばいてなァ。

商会にはばれにくい、人気のない狭い土地を売ってたから今まで明るみに出なかっただけで、俺の仲間以外にも二人、同じ詐欺にあった奴らがいた。

もしも事が明るみに出ても、貧民街に住んでる連中相手なら弁護人を雇う余裕もないし、商会には正規の権利書があるんだから、相手側を訴えればいいっていう考えだったようだ。

商人の末息子は、労働刑に処された。商会は事件の真犯人が身内だったことが分かって、被害届を取り下げた。

本来なら土地は仲間から没収されるはずだったんだが、先代が上手く商会と話をつけてくれてな。

「事件の真相が広まれば商会にとっては信用問題になる。どうせ二束三文の土地なのだから、土地は彼らに譲り渡した方がいい」って言ってくれて、正規の権利書が仲間のものになったってわけだ。

事件の経緯を聞き終わった仲間は、先代に深々と頭を下げた。

でも先代はそんな俺らにそれ以上かまうこともなく、さっさと家を出ていっちまった。俺は慌てて追いかけて、先代を呼び止めた。

「ま、待ってくれ！」

「んん、なんだ？」

「アンタ、なんで……アイツが無罪だって……」

「あの男を信じたのは、お前さんだろう？　俺はあの男を信じるお前さんを信じたんだよ」

「だ、だから、それがどうしてなんだ？　なんで、俺を信じてくれたんだ？　俺みたいな、親もいない貧民街のガキなんかを、どうしてそこまで……」

不思議だった。どうしてこの人は、ここまでしてくれたのだろうかと。

こんなことをしたって、給料が上がるわけでもない。むしろあのお偉いさんからは疎まれる結果になっただろう。

俺が戸惑いながら尋ねると、先代は黙って、真っ直ぐにこちらを見据えた。その瞳に宿る深い情と強い意思に、俺は次の言葉が継げなくなった。

……あの眼差しは、今でも忘れられねェな。

先代は、手を伸ばして俺の肩を一回だけ軽く叩いた。で、

「――励めよ」

そう一言だけ言って、再びくるっと背を向けて行っちまった。

俺はさっき以上に、間抜け面でその背中を見送った。

その背中が見えなくなっても、しばらくそこに突っ立って――それからさらに時間が経って、よ

うやく気がついたよ。

……俺になにも言わせないようにしたのは、あの人の優しさなんだ——ってことにな。

家族や村を失った俺にとっては、残ってる仲間たちはかけがえのない、家族同然の者たちだ。そんな俺の境遇を、あの人は慮(おもんぱか)ってくれたんだ。

だが、それをあの人が言葉にすれば、俺に恩を押しつけることになる。

余計な言葉をなにも語らなかったのは、あの人の優しさだった。

例え話でも、自分たちを卑下するようなことを言わなくてもいいのだと、あの眼差しは語っていた。

仲間のため、その一言だけでいいのだと。それ以上の言葉を重ねる必要はないのだと、それだけで信じる理由たりえるんだって、あの人はそう言ってくれていた。

……俺が本当に騎士を志したのは、あの日が最初だ。

あれが、俺の始まりの日だった。俺もあんな騎士になりたい——あんな男になりたいと、そう憧れた。

……だから、タクミ。

お前が話せるようになったらでいいんだ。その時が来たら話してくれりゃ、構わねェよ。

お前が俺に話してもいいと思ってくれるまで、俺は待つからよ。

◆

ガゼルの話してくれた思い出に、おれは静かに耳を傾けていた。

その合間にも、ガゼルはおれの頭や背中を優しく撫でてくれる。その掌はどこまでも優しい。

「……ガゼルにも、そんな時があったんだな」

「うん？」

「ガゼルはいつだって優しくて皆から頼られていて……だから、最初から強い心を持っていたのかと思ってたよ」

ガゼルの目を見つめながらそっと囁くと、彼は双眸を緩め、小さく笑った。

「はは、そう見えてりゃ嬉しいな。実際のところ、俺は先代に比べたらまだまだだよ。最初から強い心を持ってる人間なんざいやしねェさ」

「……そうか、そういうものか」

「そういうもんだよ。もしも俺が優しい人間に見えてんなら、それはきっと、今まで出会った奴らの優しさを貰って生きてるからだ」

ガゼルは手をおれの頬に滑らせると、親指でそっと唇に触れる。そのまま、唇の形をゆっくりとなぞった。

「もちろん、それはタクミも入ってんだぜ？」

「おれも？」

「ああ。タクミはどうも自覚がねェようだが、お前は今まで出会った中で一番お人好しで優しい奴だよ」

ガゼルは目を細めてニッと笑う。その穏やかな笑みに、ドキドキと心臓が高鳴り、頬に朱が散っていくのが分かった。赤くなっているだろう頬を隠すため、顔を俯けて口早に答える。

「それは……ちょっと過大評価じゃないか？」

「ほら、自覚がねェなぁ。まっ、だからよ！　俺の優しさってのは、お前から貰ったもんなんだから、いつだって甘えて、俺を頼ってくれていいんだぜ。タクミならいつでも俺は大歓迎だ、役得だしな」

「っ！」

そう言って、おれの頭をよしよしと撫でながら頼もしい笑顔を向けてくれるガゼル。

……あ、相変わらず、うちの団長様は男前だな！

これが元の世界だったら、今すぐにでもおれはガゼルのファンクラブとか立ち上げてたよ！

「……ありがとう、ガゼル。お陰で少し元気が出たよ」

「お、そりゃあよかった」

「まだ悩みが解消したわけではないが……でも、そうだな。いつか、ガゼルには全部話せるようになりたいと思う。だから、そのために今おれにできることを頑張るよ」

もちろん、迷いや恐怖心がなくなったわけじゃない。

それでも気持ちはだいぶ持ち直した。

こんなに強いガゼルだって、過去にはそんな悩みや迷いがあったんだと知って、今のおれと同じような未熟さを抱えていたのだと知って、すごく勇気づけられた。

「……なにをするつもりか分からんが、どうしようもなくなる前に俺を頼れよ？」

「ああ、大丈夫だ」

とは言うものの、今でさえこんなに甘えさせてもらっているのに、これ以上ガゼルを頼るのは気が引けるんだよなぁ。

今のおれって、ガゼルとフェリクスに告白された返事をいまだに宙ぶらりんにしてて、どっちつかずの状態だしなぁ……客観的に見ると本当に最悪だな、自分！

心の中で自分を責めていると、ガゼルの手つきが妙に艶めかしいものに変わっていく。項を太い指先でなぞられ、ふるりと背筋が震えた。

「っ、すまない。そろそろ離してくれ、ガゼル」

「なんだ、嫌になったか？」

「嫌なわけじゃないんだが……こうしているのは、ものすごく不誠実な気がしてな……」

「……ふぅん？　不誠実ってのはフェリクスに対してか？　それとも、まさかオルトランの奴じゃねェだろうな」

え？　なんでオルトラン団長が出てくるんだ？

不誠実っていうのは、どっちつかずな自分に対して言ったんだけれど……？

フェリクスとガゼルのどちらも選びきれないおれが、これ以上甘えるのはガゼルに申し訳ない気がして……って、ちょっ、ちょっと、ガゼルさん!?

「ぁッ、ガ、ガゼルっ。どこ触って……！」

「そういや、タクミはなんでオルトランと一緒だったんだよ。まさか今日、二人で出かけてたのか？」

「オ、オルトラン団長とは途中で一緒になっただけでっ……！」

カチャリと小さな音が鳴ったのは、ガゼルがおれのズボンのボタンを外したからだ。

そして、下着ごとズボンをずり下げられ、ガゼルの手が直接下肢に触れてくる。

「ふぅん？　本当に行き合っただけか？　随分話し込んでたじゃねェか」

「い、いつから見てたんだ……ひゃっ！」

「最初からずっと、だな。正直に言えば、さっき廊下で会ったのも偶然じゃないんだぜ？　オルトランと別れて隊舎に入ったのが見えたから、それで仕事を切り上げて下りてきたんだよ。お前に会いたかったからな」

ガゼルは悪戯っぽい笑みでおれを見下ろすと、身体をわずかに屈めて顔を寄せ、おれの耳にそっと息を吹きかけた。その感覚にぞくりと背筋が震え、思わず声が漏れる。

ガゼルはより愉しそうに笑い、耳朶に軽くキスを落とした。

「タクミ。前も思ったが、お前、耳が弱いよなァ？」

「つ、ぁッ、んぅッ……！」

瞬間、くちゅり、と水音がダイレクトに響いた。

続いて、ぬるりと耳の輪郭に、熱く濡れたなにかが這わされる感触がした。それがガゼルの舌先だと分かると、腰がぞくぞくと疼き始める。

「ひっ、ァ！　ガ、ガゼル、それっ……」

「ほら。もう勃ってきたぜ？」

抗議しようと思って顔を上げる。すると、おれの顎を摘まみ、ガゼルが顔を少し傾けて口づけてきた。

ぬるり、と唇の隙間から肉厚の舌が侵入してくる。

「んっ、ふぅ……っ！」

舌を拒もうとしたが、上から覆い被さるようにキスをされているため逃げられない。

上顎を舐められ、歯茎まで丁寧に舌先でなぞられると、甘い愉悦が全身を駆け抜けていく。

「ぁ、ガゼルっ……」

「もう一度聞くが、オルトランとはなにもなかったんだな？」

「な、なにもないっ。本当に、ただ途中で行き合ったから、送ってもらっただけだ……ッ！」

ガ、ガゼルは、おれとオルトラン団長とのなにをそんなに気にしてるんだ……？

あっ！　もしかしてガゼル、オルトラン団長と一緒に出かけたかったとか!?

「っ……もしかして、やきもちか、ガゼル？」

「ん？」

「おれがオルトラン団長と一緒に出かけたと思ったのか……？　ん、ぅあッ!?」

頭をもたげ始めていたおれの陰茎に、ガゼルの節くれ立ってごつごつとした指が絡んでくる。

掌で幹を扱かれ、たまらずガゼルの肩にしがみついた。

「ふっ……そうだな。お前とオルトランが二人で一緒にいるのを見て、柄にもなく嫉妬しちまってるよ。笑うか？」

「ひゃっ、ぁ、ガゼル、そこっ……！」

ガゼルは低い声で囁きながら、陰茎を指で巧みに扱いてくる。

彼はいつも通りの鷹揚な笑みを浮かべているのに、何故か、その金色の瞳に宿るぎらぎらした光からは独占欲のようなものを感じた。

「っ、ぁ、ガゼルっ……！」

そしてさらに、背中に回されていたもう一方の手が下の方へと伸ばされた。その手は、途中で引っかかっていたズボンを完全に床に落とすと、尻たぶを鷲掴み、割れ目に指を伸ばしてくる。

そして、後孔の周りを爪先でくるりとなぞった。まだダイレクトな刺激ではないのに、背筋にぞわぞわと快感が奔る。

「それにしても、タクミ……お前の身体、随分と素直になってきちまったなァ？　今日は別に発情状態でもないのに、感じまくりじゃねェか」

くくっと喉の奥で愉しげに笑うガゼル。

彼のぎらぎらした金瞳はまさしく獲物を仕留めようとする、飢えた肉食獣のそれだった。

「こっちも随分感じやすくなったな。前よりも、後ろの穴を弄ってる方が反応がいいぜ？」

「ぁ、ひあッ、んぅっ……！」

そんなことない、と言いたかったが、反論できなかった。

爪先でカリカリッと孔を軽く引っかかれただけで、電気が走ったような快楽に、足ががくがくと震える。ガゼルにしがみついてなければ、座り込んでいただろう。

そんなおれを見下ろして、ガゼルは一層満足げに笑った。

「可愛いな、タクミ。こんなことじゃ、もう女なんて抱けねェかもな？」

「っ、心配しなくとも……」

「ん？」

ガゼルが心配しなくとも、おれが女の子とお付き合いできる機会はこの先ないと思うね……！

なにせ、この世界に来ておれがまともに会話できてる同世代の女子って、香水屋のメガネっ子店員さんだけだからな！

「っ、そんな心配しなくとも、おれにはガゼルとフェリクスだけだ……」

「…………」

「だから、おれは……んっ⁉」

言い終わる前に、ガゼルの唇が噛みつくように口づけてきた。

先程よりもさらに激しいキスだった。侵されるようなキス、なんてものじゃない。

「ふ、ぅッ……んっ、ぅ」

舌がねっとりと絡み合い、吐息すら逃さないとばかりに口腔内を貪り尽くされる。もはやガゼルの舌が触れていないところなんかないほどに、中は彼の舌と互いの唾液でいっぱいだ。

あまりにも激しい愛撫に、思わず身体を引こうとすると、ガゼルの指がおれの顎を掴んだ。そのまま上を向かされて、唾液を無理やり呑み込まされる。

まさに、蹂躙（じゅうりん）という言葉がぴったりなキスだった。

呑み下せなかった唾液が口端から零れ落ちるのを、ガゼルが丹念（たんねん）に舐め上げる。荒い呼吸を繰り返すおれを、ガゼルは熱の籠もった目で射竦めた。

「ぷ、はッ……ぁ、ガゼル……？」

「ったく、可愛いこと言いやがって。ここがベッドだったら今すぐにでも俺のもんを咥（くわ）えさせて、嫌っていうほど泣かしてたぞ？」

「っ⁉」

なにそれ⁉　つまり、おれに死ねってこと⁉

「ま、今日のところは場所が悪いから我慢してやるよ」

「ぁッ、ふァッ……⁉」

陰茎のカリ首を指で摘まむように触れられると、一際大きな嬌声が漏れ出た。

それと同時に、後孔を爪先でカリカリと弄られる。敏感な場所にそれぞれ与えられた刺激が、甘やかな痺（しび）れをもたらし、思わずガゼルの胸に顔を埋める。

「なんだ、おねだりか？　くくっ、そんなにこっちを触られるのが好きになったのか？」

「ち、ちがっ……そこ、駄目だって……あ、ふァッ！」

「ほーう？　じゃあこっちか？」

「そ、そこも駄目っ……ひぅ、あッ、ああァッ！」

くちゅくちゅと、自分の下肢から淫猥な水音が聞こえてくる。

見なくても、その音がおれの陰茎から溢れた先走りによるものだというのは分かった。先走りを纏ったガゼルの指が、ぬるぬると裏筋を上下になぞると、背筋を丸めて快楽に耐えるしかなくなった。

それを見下ろして、ガゼルが再び愉しげな笑みを零す。

「可愛いなァ、タクミ。ほら、一回イっちまえよ」

「ひぁっ、あッ、んぅっ……！」

敏感な亀頭に指が絡み、指の腹でこすこすと扱かれると、鈴口から溢れる先走りは一層量を増した。部屋にはぐちゅぐちゅという水音が激しく響き、おれの耳を犯す。

「あっ、ゃ、ガゼル、それっ……！」

「お、我慢してんのか？　じゃあ、こうしてやるよ」

孔の中につぷりとガゼルの人差し指が侵入してきた。

陰茎を指先で擦られながら、そのタイミングに合わせてガゼルの指がくちゅちゅと後孔に出し入れされる。前後から強制的に与えられる快楽に、おれはますます強くガゼルにしがみついた。

「ひぁっ！　ァ、っだめっ、ガゼルっ……！」

狭い後孔を指の腹が擦り上げる。

それとまったく同じ動きで陰茎の幹を掌で擦られる。

ガゼルの掌は、おれの吐き出した先走りですっかりびしょ濡れになってしまっていた。その透明な愛液を潤滑剤にして、より一層幹への扱き(しご)が早められる。

そうしていつの間にか、後孔を抽送するガゼルの指の本数は二本になっていた。

二本に増えた指が激しく後孔を出たり入ったりしたかと思えば、孔の中でばらばらに動く。

一本は中の肉壁を引っかいたかと思えば、もう一本は指の腹でやんわりと肉壁を押し上げる。

二本の指を孔の中で軽く広げられて、後孔にひやりと外気が入り込んだ瞬間は、なんとも言えない感覚に背筋がぞわりと震えた。

「ほら、大丈夫だから。イっちまえって、タクミ……！」

そして——指先でゴリッと孔の中にあるしこりを押し潰された瞬間、視界が真っ白に弾けた。

「あ、ぁ——ぁあ、ああッ……！」

びゅるるっ、と勢いよく白濁した液体が飛び出す。

射精の合間にも、後孔に埋められたガゼルの指先は、しこりをグリグリと押し潰し続ける。そのせいで、あまりにも長い時間、射精の快楽を味わう羽目になった。

射精を終えた後も、尿道に残ったとろみのある液体がとろとろと溢れ続け、最後の一滴が押し出されるように零れた瞬間、おれはもう立っていられなかった。

「おっと」

がくりと崩れそうになった身体を、おれの後孔と陰茎から手を離したガゼルが、腰に手を回して抱きとめてくれる。

「は、ぁっ……」

「可愛かったぜ、タクミ」

大きな掌でぽんぽんと背中を撫でられると、その心地よさにさらに身体の力が抜けてしまいそうになる。顔を上げると、こちらを見つめていたガゼルと目が合った。

ガゼルは優しい顔だった。そして、そっとおれの唇に、触れるだけのキスを落とす。

「お前が弱音を吐きたい時は、なにを差し置いてでもいつだって聞いてやるからな。だから、辛い時はいつでも俺のところに来いよ？」

「……ああ」

おれはしばらく、ガゼルにそうやって抱きしめてもらっていた。

ガゼルの腕は力強くて、とても温かかった。そのぬくもりに、沈み、強張った心が解きほぐされていくようだった。思わず、この場所でずっとこうしていたいと願ってしまいたくなる。

けれど――こうしているために、ガゼルやフェリクスを守るためには……おれが頑張るしかないんだよな。

どんなに怖くても、怯えが捨てきれなくても、やるしかないんだ。

でも……今日だけ。今日だけは、もう少しだけ、ガゼルに甘えさせてもらおう。

そう心の中で呟いて、おれはガゼルに身を委ねた。

◆

メガネっ子店員さんにエリクサーの錬成を依頼して、一週間が経過した頃だった。イーリスと事務仕事をしているところにガゼルがやってきた。

ガゼルはあれから、態度を変えるようなこともせず、いつも通りに接してくれていた。

……おれに約束してくれた通り、彼はおれが自分から話す決心がつくまでは、本当になにも聞かないつもりなのだ。

その心遣いがありがたい一方、罪悪感で胸がちくちくと痛む。だからだろうか。

「騎士団同士の合同会議があるから、タクミも一緒に来い。会議が終わったら、緑翼と赤翼騎士団のヤツらに紹介するからよ」

突然そのようなことを告げられ、思ってもみなかった言葉におれは呆気にとられた。

いやいや！　な、なんでいきなりそんな話になったの!?

おれみたいな下っ端が、そんな重大な会議に参加しちゃダメでしょ!?

思わず、その場にいたイーリスに視線で助けを求めたのだが、彼はころころと笑って、

「大丈夫よ、心配しなくても。多分、ガゼルったらアナタのこと自慢したいのよ。あと、牽制？」

なんて楽しげに笑うだけで、ガゼルを止めてはくれなかった。

イーリスいわく、本来は団長や副団長が参加する会議だが、書紀係や資料の回覧係も必要という

ことだ。そういった名目で一人か二人くらいなら、幹部以下の騎士団員の参加も認められているという。

将来有望な下級団員のいい勉強にもなるからだとか。

いやいや、それならますますおれが参加する意味って必要なくない？　もっと将来有望な団員に参加させた方がいいよ!?

「なおさらおれみたいな人間が参加していいものじゃないだろう？」

そう言ったのだが、ガゼルは「またお前はそういうことを言いやがって」とかなんとか言って、おれの頭をくしゃくしゃと撫で回すだけで、ついに撤回してくれなかった。何故だ。

ガゼルは撤回してくれそうになかったので、フェリクスのところへ行って「おれのような人間が参加するべきではない」とか、「おれよりももっと有望な人間は大勢いるのだから、彼らに行かせるべきだろう」と言ってみたのだが、どうしてかフェリクスにも首を横に振られてしまった。

「――タクミの謙虚さを私は好ましく思ってはおります。ですが、謙虚であることと自分を卑下することは別ですよ？」

いやいや、別ですよ、じゃなくて!?

別に謙虚でも卑下でもなく、ただの当然の事実なんだけどな!?

何度も何度もそう言ったのだが、もはやおれが合同会議とやらに参加することは決定事項らしく、その決定を覆すことはできなかった。

――そして、今日。騎士団合同会議の開催日に至ったのである。

というか、至ってしまった。

うう、丸め込まれたおれの馬鹿……！

おれとガゼル、フェリクスの三人が訪れたのは、リッツハイム市の中心部に近い、王立裁判所だった。

ここはリッツハイム魔導王国の最高裁判所にあたる場所だそうで、白灰色の石造りの建物は見るからに荘厳な雰囲気を醸し出している。

平時はここで裁判を行うそうなのだが、月に一度だけ、王立騎士団の人間が集まり、合同会議を開くという。

また、この会議に参加するのは騎士団の人間だけではなく、軍備局の任に就いている貴族の方々や、モンスターの被害の陳情に来た地方領主や平民など、時と場合によって様々なのだとか。

時には、王族の方々が直々に参加することもあるそうだ。

……説明を聞けば聞くほど、おれの場違い感がハンパじゃないんですけど！

きょ、今日は本当にガゼルとフェリクスの後ろで大人しく、小さくなっていよう……

二人の後ろに続いて、王立裁判所の中へと入る。

赤い絨毯（じゅうたん）の敷かれた廊下を進み、最奥（さいおう）の部屋の前に着くと、そこには衛兵が二人並んでいた。

ガゼルが身分証明書として騎士団隊服の腕章を見せ、衛兵はそれを検分すると、今度はフェリクスとおれの腕章をチェックする。この腕章が身分証明書代わりになっているらしい。

さて、おれはてっきり裁判所、というぐらいだから、テレビで見るような証言台や横並びの傍聴席があるものだと思っていた。

だが、おれたちが入った部屋には証言台はあるものの、中央に置かれていたのは大きな円卓と椅子であった。円卓には十五脚の椅子が置かれており、さらにその周りを囲むように均等な間隔で椅子が配置されている。

「座席は円卓なんだな」

「ああ、いつもは違うけどな。会議の日だけはわざわざこの形にしてるんだよ」

ガゼルによると、会議の日だけは魔術でこのような円卓や椅子をセッティングしてるとのこと。魔術って便利だなぁ。

ざわざわと歓談をしていた他の騎士団員、そして見るからにゴージャスな格好の貴族たちは、おれたちが室内に入ると、様々な反応を見せた。

会釈をしてくる者や、あからさまに無視を決め込む者、じろじろと無遠慮な視線を向ける者。

特に、おれを物珍しそうに見つめてくる人が多く、注目されて気後れしていると、さり気なくガゼルとフェリクスが視線の間に入ってくれた。

さっすがうちの団長と副団長！　頼りになるぜ！

あ、そうだ。フェリクスといえば、この前の件について、まだ結果を聞いてなかったな。

「そう言えばフェリクス、最近のお父上の身体の具合はどうだ？」

「お気遣いありがとうございます。それがですね、ここ数日で父上の体調は、何故か見違えるようにとてもよくなったのです」

おれの質問に、嬉しそうに頬をほころばせて応えるフェリクス。

「そうだったのか、よかったな」

「お陰様で。それどころか、ここ数年で一番体調がいいみたいです。今では執務室で兄たちを叱り飛ばしているほどでして……兄上は昨日など『父上、再び寝台へお戻りになる予定はないのですか？』と尋ねていたほどです」

「はは、そうなのか。それなら本当によかった」

そんな冗談が家族の中で出るなら、もう大丈夫だろう。

「ああ……そういえば、父上の体調が戻ったのは、ちょうどタクミからお見舞いのお菓子をいただいた時と同じ頃でしたね」

ふと、フェリクスがなにかに気がついたかのようにぽつりと呟いた。

その鋭すぎる言葉に、思わず口から心臓が飛び出そうになる。

「そ、そうなのか。まぁ、偶然だろうな」

「最近はなにも喉を通らなかったそうなのですが、あの菓子だけは一口食べたらみるみるうちに食欲が湧き上がり、気づいた時にはいただいた菓子全てを平らげてしまっていたと、父上が言っておりました」

「そうなのか。まぁ、偶然だな」

ばっくんばっくんと大きな音を立てる心臓をなんとか宥め、なんでもないふうを装って答える。

そう——メガネっ子店員さんは、おれが頼んだエリクサーを無事に完成させてくれたのだ。

だが、エリクサーをそのまま渡すと、フェリクスに、

「この怪しい液体はなんです？　一体、私の父上になにを飲ませようというのです？」

と突っ込まれること請け合いだ。

なので、おれはそれを城下町で売っていた菓子に注入したのだ。

ちなみにその方法は、先日、イーリスからもらったお菓子からヒントを得た。しっとりとした生地を噛むと、果実酒を煮詰めたシロップが口の中にじゅわりと広がる、あのお菓子だ。

元々汁気が多いお菓子なので、エリクサーが少し混じってても気づかないだろう、気づかないといいな、気づかないでほしいなーと思いながら、おれは菓子をフェリクスに託したのだ。

「――偶然、でしょうか？」

「あ、ああ。うん、きっとそうだぞ」

「……そうですね。タクミが言うならきっとそうなのでしょう。ご丁寧なお見舞い品、ありがとうございました」

フェリクスはおれの顔をじっと見つめた後、ふわりと微笑むと、おれから視線を外して正面に向き直った。

その微笑に、どきりと胸が鳴る。だが、それは別にフェリクスがイケメンすぎるからとか、そういう理由でどきどきしたわけじゃなかった。

……その表情が、この前、ガゼルが浮かべた笑顔にとてもよく似ていたからだ。

おれに「お前が自分から話すまで、なにも聞かない」と言ってくれた時のガゼルと同じ、とても

優しい微笑み。

「……っ」

あー、もう。本当に、おれってば中途半端だよなぁ……

ガゼルにもフェリクスにも隠し事ばっかりで。そのくせ、自分の行動が本当に正しいのか分からなくて、心の奥では迷ってばっかりだ。

二人に話せたらどんなにいいだろうと思うけれど、それでも――打ち明けた後、二人にでたらめを言うなと遠ざけられたり、どうしてもっと早く話さなかったと失望されたりするんじゃないか。そう考えると、足が竦むのだ。

二人はそんな人間じゃないと、分かってはいる。それなのに勇気が出ない。

……こんな調子じゃ、オルトラン団長にも忠告されるわけだよな……

ああっ！　そういや考えてなかったけど、今日、もしかしてオルトラン団長も来てるんじゃない!?　ど、どうしよう……この前の空気を考えるとめちゃくちゃ会いづらいな……

でも、おれのためを思ってあんなふうに忠告をしてくれたんだし、お礼とか謝罪の言葉を言っておくべきだよな。うーむ……どうしようか……

「――緑翼騎士団はまだみてェだな」

「会議の前に、合同演習について話をしたかったものですが、仕方がないですね」

「なら、黄翼騎士団の方に先に話つけておくか」

「白翼騎士団はまだ来ていないようですが、彼らにまた絡まれないうちに、オルトラン黄翼団長に挨拶をしておきましょうか」

「……絡まれる？」

二人の会話の中の白翼騎士団、という言葉に、思わず顔が強張った。

白翼騎士団という名前に、どうしても心がざわついてしまう。

この先……物事が『チェンジ・ザ・ワールド』のゲーム通りに進むとすれば、遠くない日に黒翼騎士団の壊滅イベントが起きる。

そして、その黒翼騎士団の壊滅イベントに深く関わっているのが、白翼騎士団なのである。

「そういえば、タクミには説明してませんでしたね」

「ああ、そうか。ここに来る前に言っておけばよかったな。タクミ、あんまり『白』には近づくなよ？」

ガゼルはそう言って、自分の隊服の襟元を指先で引っ張るような仕草をする。

それが意味するところは、つまり『白い隊服を纏う騎士団の人間には近づくな』、ということだ。

「以前、騎士団の特色は説明しましたね？」

「ああ、覚えている。たとえば、黄翼騎士団は獣人が、緑翼騎士団だと平民出身の者が中心だったよな？」

「私は、その者の生まれで騎士団の編成を分けるというのは、前時代的なことだと思うのですが……」

「俺もそう思うけどよ。まァ、頭の固い連中っつーのはどこにもいるからなァ」

「ある程度は仕方がないことだな。肝心な時に内輪揉めで使えなければ意味がない」

「タクミの理解が早くて嬉しいぜ」

おれがそう答えると、ガゼルとフェリクスは苦笑した。

でも、それが白翼騎士団の人たちとどう関係があるんだろう？

「で、だ……白翼騎士団は正直、『お飾り騎士団』なんて呼ばれている」

「お飾り？」

そういえば以前、イーリスも同じようなことを言っていたような気がする。

「たとえば、緑翼騎士団が平民出身の人間で編成された騎士団なら……白翼騎士団は貴族階級出身の人間で編成された騎士団なんです」

「白翼騎士団の主な任務は王都の守護なんだけどよ。王都周辺にまでモンスターや盗賊団が出てくる機会なんて、そうねェだろ？　王都周りの郊外に出たモンスターや盗賊団は、俺らか、緑翼、黄翼騎士団のどこかが潰しちまうわけだしな」

「……ふむ」

「親にとってみりゃ、大事な跡継ぎが死んだり怪我でもしたりしたら困るからだろうが……つまり、白翼騎士団は実際の仕事はほとんどないくせに、名誉だけは得られる騎士団なんだよ。貴族の坊やどもの箔付け(はくづ)のためにある騎士団だな。まァ、今の団長に代替わりしてからマシになったけどよ、一時は酷かったたぜ。あいつら、訓練すらろくにしないで、昼間から酒盛りばっかりだったたからなァ」

……そして、二人の語る白翼騎士団の内実は、黒翼騎士団の壊滅イベントにも密接に関わってくる。

リッツハイム魔導王国のある都市がモンスターの大群に襲われ、籠城戦を強いられた黒翼騎士団。そこで、主人公は別の近隣都市に急ぎ、そこに駐在していた別の騎士団に救援を頼むのだが――

なんと、その救援依頼を断られてしまうのだ。

その街を治めていた貴族に「その話が本当ならば、次にモンスターに襲われるのはこの都市だ！一刻も早く市民を脱出させる必要がある。今救援に向かったところで所詮は無駄足だ。この都市の市民たちの脱出の先導をするべきだ！」と言われてしまう。

そこに駐在していた騎士団の団長は、その貴族の意見に異を唱えるものの、副団長以下からは貴族の意見に賛同する声があがってしまい……最終的には貴族を説き伏せ、救援に向かうものの、すでに時は遅く都市は壊滅状態となっていた……という、なんとも鬱展開のイベントである。

で。「近隣都市に駐在していた騎士団」というのが――白翼騎士団なのである。

……そのイベントだと、白翼騎士団の副団長以下のモブさんたちの発言は「オレたちが行ったところで勝ち目なんかない！」とか「そ、その話が本当なら、俺たちだって危ない！　黒翼騎士団の連中が自分らでなんとかすればいいだろう！」なんていう、弱気な発言が多かったな。

騎士団員らしくない発言だと思ったけど、なるほど。おれが知らなかっただけで、実は「貴族のお子さんが中心に結成された騎士団」という設定があったのだろう。

「それで、どうして白翼騎士団と黒翼騎士団は折り合いが悪いんだ？」

「細かい理由を言えばきりがありませんが……根本的な原因は黒翼騎士団の在り方でしょうか。我ら黒翼騎士団は、身分や種族関係なしに、ただ個々の実力のみをもって入団や編成を行うと定められた騎士団だというのは、タクミももちろんご存じのことかと思います」

「ああ、知っている」

おれにそう語るフェリクスは、珍しく自慢げというか、どことなく誇らしげな表情だ。

一瞬、嬉しそうに振られる犬の尻尾を幻視してしまった。

「つまりよ。プライドがたけェ貴族中心の歴史ある白翼騎士団と、平民や獣人に貴族までごった混ぜな実力主義のウチ……仲良くできると思うか？」

「……なるほど、難しいだろうな」

無理だろうな、とは言いたくなかったので、難しいだろうという婉曲的な表現に留めておいた。

「それに加えて、その……私の黒翼騎士団への入団に関する件で、リオン殿の面子を潰してしまったということもあります」

「何回も言うが、その件はそんなにたいしたことじゃねェよ、フェリクス。うちと白翼は先代の頃から仲は悪かったからなァ。白翼とは、ここ数十年一回も合同演習をやったことないんだぜ？　俺の代じゃ一回もなしさ」

でも、黒翼騎士団と白翼騎士団には、なんとか仲良くなってもらわないと困るんだよなー。

黒翼騎士団の壊滅イベントを防ぐためには、おれ一人が頑張るだけでは無理なんだ。そのイベントが起こった時、まずは近隣都市にいる白翼騎士団に救援に行ってもらわねば、どうにも難しい。

白翼騎士団の方々が救援を渋った理由というのは、日頃の実戦不足というのもあるだろうが、なにより黒翼騎士団と白翼騎士団の仲が険悪だったことに尽きる。

本来ならば皆が一丸となって危機に立ち向かわねばならない時に、最後まで連携がとれないなんて話は、おれが元いた世界でもよく聞いたけどさ。

でも、今からなにか対策を講じれば、きっと間に合うはずなんだ。

……間に合うはずなんだけど、おれの頭ではその対策とやらが全然思いつかないんだよね！

黒翼騎士団と白翼騎士団を仲良くさせる、なんて言葉にすれば簡単だけどさぁ。

うーん……お互いに腹を割って話す機会を設ける、っていうなら飲み会か？

黒翼騎士団と白翼騎士団の人たち同士で飲み会でもすればいいのか？

でも、それはそれでアリな気もするな。

ガゼルとフェリクスの話を聞く限り、今までの白翼騎士団のやり方や方針には思うところがあるようだが、今代（こんだい）の白翼騎士団の団長さんのことはそれほど嫌ってはいないようだ。むしろ、今の団長さんのことは評価しているようだし。

そこから考えてみようか、と思っていたおれは、ふと、室内のざわめきが大きくなったことに気がついた。

いつの間にか、ガゼルやフェリクスと随分話し込んでしまっていたらしい。

時間は会議が始まるまであと十分となっていた。そして、今しがたようやく、最後の騎士団が到着したようだ。

「話をしてたら、来たぜ。タクミ、あれが『白』のヤツらだ」

新たに室内に入ってきたのは、三人の騎士だった。

背後に二人を従えて入ってきた中心の彼が、恐らく白翼騎士団の団長なのだろう。

長い白銀の髪を青いベルベットのリボンで一つにまとめて背中に流している。色素の薄いアイスブルーの瞳はどこか神経質そうな印象を受けたが、その氷瞳の色と、彼が纏っている艶やかな純白の騎士団服は、まさに白皙（はくせき）の貴公子と呼ぶに相応しい出で立ちだった。

そんな彼が、静かに視線だけでぐるりと室内を見回した後――その視線が、ある一点のところで不意に止まった。

「――タクミ？」

そう、他ならないおれに。

おれも、驚きのあまり思わず目を見開く。

この前、城下町でスリに遭ってた人――!?

「貴方は――」

まさか、嘘だろ!?　城下町で会った、あの白銀髪のイケメンが、白翼騎士団の団長さんだと……!?

い、いや待て。まだ彼が団長さんだと決まったわけじゃない。

もしかすると、おれと同じく会議に随伴してきた、ただのヒラ団員って可能性もワンチャンあるよな。あるよね？

頼むからそうであってほしい！

「……おい、タクミ。どういうことだ？」

「タクミ？　白翼騎士団の団長、リオン殿と、一体どこで知り合いになったのですか⁉」

そんなおれの儚い祈りは、秒でガゼルとフェリクスに一蹴されました！

ああ、うん。やっぱり彼が白翼騎士団の団長さんなんだ……

薄々分かってたけどね、うん……

「……まぁ、ちょっとな」

二人に詰め寄られ、思わず死んだ魚のような目になるおれ。

だが、かといって正直に説明するのもどうかと思い、端的に二人に答える。

というか、そう答えるしかなくない？

だって、正直に言っちゃうとさ、

「——はい。実はこの前、城下町にフェリクスと遊びに行った時に、あの人がスリに遭ったところに出くわしたんです！」

……言えるわけがない！

そんなこと、他の騎士団員やお貴族様がわんさかいるこの場所で言ったら、あの人の立場が悪くなっちゃうかもしれないし！

おれは実際にあのスリのおじさんのスゴ技を見てるから、あれじゃあ財布を抜かれたことに気づくことすら難しいだろう、しょうがなかったよなーって思うけどさ。

でも、実際の現場を見てない人は、もしかすると「え？　白翼騎士団の団長さんともあろう方が、スリに遭ったんですか？」なんて心無いことを言うかもしれない。

だから、正直に答えるわけにもいかず、そう言うしかなかったのだが……結果、ガゼルとフェリクスの視線は「あ、はぐらかしてるなコイツ」って感じの冷たいものに変わりました！

ち、違うんだよ二人とも！

くそぅ、おれのコミュニケーション能力がもっと卓越していれば……！

そうこうしている間に、白翼騎士団の団長さんはこっちにツカツカと真っ直ぐ歩いてきた。

って、なんでこっち来るかなー!?

貴方の後ろに追随している団員さんたち、めっちゃ混乱した表情になってますよ!?

「タクミ……！　まさか、君とこんなところで会えるなんて」

まるで氷が融けるように、白皙の美貌をほころばせて、おれに向かって微笑んでくれる白翼騎士団の団長さん。

が、不意にその表情が、硬く強張った。

おれと白翼騎士団の団長さんの間に、ガゼルが踏み込んだからである。

「うちの団員をナンパすんなよ、リオン殿」

「ガゼル……殿」

あ、今、すごいとってつけたよーな「殿」だった。

「……久方ぶりだな、ご健勝そうでなによりだ」

「ああ、そっちもお元気そうで」

「先日は見事、山賊ワッソの一味を捕縛したそうだね」

「うちの期待の新人が大活躍してくれたんでね」

そこで、ガゼルはちらりとおれを見た。

白翼騎士団の団長さんも、再度、視線をおれに移す。

「タクミ……君は、黒翼騎士団の団員だったのか」

「ああ、おれも驚いた。貴方が白翼騎士団の団長だったとはな」

うん、めっちゃくちゃ驚いたよ！

ああ、でも、よーく見てみれば、この髪型とこの隊服、ゲームのキャラクターグラフィックそのままだね……

い、いや、ホラ？　前に会った時は私服だったし、髪も下ろしてたじゃん？

だ、だから気づくのが遅れたのであって、決しておれの記憶力が悪いわけではないはず！

「では、改めて名乗らせてくれ。私はリオン・ドゥ・ドルム、白翼騎士団の団長だ」

「リオン団長か。おれは前にも名乗った通りタクミだ」

「リオンでかまわないよ、タクミ」

おおっ！　案外気さくな感じだな、白翼騎士団の団長さん。もといリオン。

しかし、フルネームだと舌を噛みそうな名前だな……

そんなリオンの後ろでは、白翼騎士団の副団長さんと団員さんと思われる二人が、いまだに大困惑の表情だけどね！

まぁ、自分のところの団長が、いきなり他所のヒラ団員に気さくに話しかけ始めたら困惑もするか。

えーっと、おれはこの二人にも自己紹介した方がいいんだろうか？

だが、おれが二人に自己紹介する前に、傍にいたガゼルが口を開いた。

「リオン殿とうちのタクミが知り合いだったとは知らなかったぜ」

「まぁ……知り合ったのは、ここ最近の話だからな」

「ふぅん？」

「……しかし、ガゼル殿。貴殿こそ、本当にタクミを彼自身の意志で入団させたのか？」

「あァ？」

ガゼルが正面のリオンを睨みつける。

が、リオンはそんなガゼルの視線に動じた様子はない。

「タクミは確かに腕が立つようだが……まさか彼を無理やり入団させたわけじゃないだろうな？」

「……タクミの実力を見て、そんなふざけたことが言えるんなら、テメェは見る目がねェな」

「実力については疑っていない。だが、彼は……騎士としてやっていくには、優しすぎる男だと思ってね」

「…………」

ガゼルとリオンは正面から睨み合う。

フェリクスはガゼルの隣に立ち、リオンを冷ややかな双眸で見据えている。

白翼騎士団の団長と、黒翼騎士団の団長。

二人が睨み合い、剣呑な空気を発していることから、周りにいる人々も少しずつこちらに注目し始めている。

ま、まずいな。このタイミングで二人の空気が最悪なものになったら、あとの会議にも響くんじゃないだろうか？

ものすごく気が進まないが……でも、おれが発端のようなものなんだから、ここはおれが二人の間に入るしかないだろう。

この殺気立った二人の間に入るとか、本当に本当に、すっごく嫌だけどな！

「待ってくれ、ガゼル。少し、リオンと話をしてもいいか？」

「タクミ……」

そっと声をかけると、ガゼルがちらりとおれを見た。

フェリクスもまた、気遣わしげな視線をこちらに向けてくる。

おれはそんな二人に向かって、安心させるように頷いてみせる。

「リオン、この前は色々と世話になったな」

「いや、そんなことはない。私の方こそ君には助けられた」

えーっと、話に割って入ったはいいものの、なんだっけ？

おれが黒翼騎士団に、無理やり入団させられたんじゃないかって話だったよな。

ものすごくマイルドな言い方をしてたけれど、リオンは要するに「こいつが実力主義の黒翼騎士団でやっていくには、あまりにも力不足なんじゃないか？」ってことが言いたいようだ。

「実力については疑っていない」という台詞(せりふ)は暗に、「実力についてはこのヒョロい見た目からして、ゼロを通り越してマイナスであることは疑っていない」ということなんだろう。

リオンもさすがにそれを率直に言うのは憚(はばか)られ、おれに気を遣ったために、こんなにも遠回しの言い方になったに違いない。

「リオン、先程の話なんだが……黒翼騎士団を悪く言わないでほしい。黒翼騎士団は行き場のないおれを受け入れてくれた、家族みたいなものなんだ。確かにおれはまだ、団員としては色々と劣っていると思うが、それはこれからも精進するつもりだ」

「タクミ……」

おれの答えに、ガゼルがちょっと嬉しそうな顔をしている。

ふいに、その手が中途半端な位置で中空に上がったが、すぐに元の位置へ下ろされた。

……もしかして今、おれの頭をまた撫でようとしてたんだろうか。そうだとしたら、今のこのシリアスな空気で自重してくれて大正解ですよ、ガゼル団長！

「タクミ……すまなかった、君のことを貶(けな)すつもりではないんだ。私はただ、君のことが心配で……」

リオンは先程までの険はどこへやら、眉尻を下げ、一気にしゅんとなってしまっていた。そうなると、にわかに罪悪感が湧いてくる。

「……おれのことを心配してくれた気持ちは嬉しかった、ありがとう」

フォローのためにそう告げると、リオンは一気にぱぁっと顔を輝かせる。

「最近、我らが団長殿の様子が心ここにあらずといった風情でしたが、まさかこういうこととは……」

「しゅ、祝賀会とか開いた方がよいのだろうか？」

そんなリオンを見て、後ろにいる白翼騎士団の副団長さんと団員さんがコソコソ言っているけど、なんの話だろう？

まぁ、確かにおれみたいなモヤシが黒翼騎士団にいたら、心配にもなるよな。

でもでもっ、生身のタクミ君はともかく、呪刀を装備しておけばなんとかギリギリ戦うことはできるんだからね！

……デメリットはめちゃくちゃ酷いけどな！

しかし、ちゃんと話をしてくれたら、ガゼルやフェリクス、黒翼騎士団の皆が、誰かを無理やり入団させることはないって分かってもらえると思うんだけどな。

うん。やっぱりこれは、日頃のコミュニケーション不足が原因なのではなかろうか？

「リオンも、もっと黒翼騎士団の皆と話してくれれば分かってもらえると思うんだけどな」

「私が……黒翼騎士団と？」

あ、一気にすごい嫌そうな顔になった。

んん……でも、声の感じから判断すると、嫌悪、というわけじゃないのかな。

なんかこう、どちらかというと苦手意識に近いかもしれない。

「おれももっとリオンと話してみたいし」

リオンに向かって微笑むと、彼は頬を染めながら身を乗り出した。

「っ！　それはもちろん、私もだ」

「今度、うちと合同演習でもできるといいな。白翼騎士団とはやったことがないんだよな？」

「分かった、検討しよう！　ぜひ！」

「「「えっ!?」」」

今の驚きに満ちた声は、おれのものではない。

いや、心境的にはおれも「えっ、提案したおれが言うのもアレだけど、そんなに即答でいいの？」って感じだったけど。

今の声は、ガゼル、フェリクス、白翼騎士団の副団長さんと団員さん……そして、事の成り行きを見守っていた周囲の騎士団員さんや貴族の方々。

皆の思わず漏れ出た声が、奇跡的に重なったのだ。

この場にいる皆がポカンとしたのも束の間。

「え、団長!?　本気ですか!?」

「まさか、黒翼騎士団と白翼騎士団が合同演習だと？」

「おお、なんと素晴らしい！　数十年ぶりの快挙ではなかろうか」

「陛下に使いを出せ！」

すぐさま室内は、人々のざわめきで溢れ返った。

だが、そのざわめきはすぐにおさまった。部屋の一番奥まった場所にいた恰幅（かっぷく）のいい六十代ほどの男性が「国王陛下のおなりでございます！」と高らかな声で告げたからだ。

それを機に、人々は皆一斉に口を閉じた。

そして室内が完全に静まり返ったころ、ゆっくりと部屋の扉が開かれ、口元に白髭（しろひげ）を生やした男性が、側近と思わしき男性と、お供の騎士とともに入室した。

天鵞絨（ビロード）のマントを纏ってゆっくりと歩みを進めるリッツハイム魔導王陛下は、御年七十だと聞く。

だが、その足取りはかくしゃくとし、威厳に満ちている。

国王陛下は円卓の一番奥まった席へ腰かけると、側近の男性へ鷹揚（おうよう）に頷いてみせた。側近の男性はそれを受け頷きを返すと、室内にいる人々をぐるりと見渡して、口を開きかけた。

――だが、彼が口を開くよりも前に、部屋の扉が、大きな音を立てて開かれた。

部屋の中にいたほとんどの人間が、ぎょっとした顔で音の方に顔を向ける。

扉の向こうにいたのは、騎士の鎧（よろい）を身に着けた壮年の男性だった。だが、その顔色は蒼白で、額は汗でびっしょりと濡れ、ぜぇぜぇと肩で息をしている。よほど急いでこの場に駆けつけたようだ。

その顔を見て、扉の前にいた警備役の騎士が近づく。

「なんだ？　今日は合同会議の日であるぞ。一体なんの――」

「お――恐れながら、至急、報告いたします！　城塞都市、メヌエヌ市とワズロー市に続く街道に向けてマッドベアー、スコル、アオジカの群れが確認されました！　そ、その数――百に達するとのこと！」

SIDE　黒翼騎士団副団長フェリクス

一気に、場は騒然とした。

驚きに目を見張る者、そして一気に顔から血の気が失せる者。

中には「な、なにかの間違いではないのか？　百など、そんな……」と唇を戦慄かせて呆然としている者もいる。

彼らの動揺ももっともだろう。普通多くても十四程度で行動するモンスターが、百匹も群れをなし、人々の住まう都市に向かっているというのだから。

そこに、静かな声が響いた。

「――伝令役、質問いいか？　メヌエヌ市とワズロー市、そのどちらの都市をモンスターたちが目指しているのかは分かっているのか。また、それぞれの都市に到達するとすれば日数はどれぐらいだ？」

声の主は、ガゼル団長だった。

微塵も動揺の色を見せず、堂々とした態度のガゼル団長が淡々と質問を投げかける。その毅然とした立ち振る舞いを見て、伝令役の人もようやく冷静さを取り戻したらしい。いまだに肩で息をしているものの、なんとかガゼル団長の質問に答える。

「ま、まだ分かりません。メヌエヌ市とワズロー市、どちらを目指しているのかは……もしかすると、両方の都市を目指している可能性もございます」

「ふむ……」

「メヌエヌ市を目指しているのであれば明日の正午には、ワズロー市を目指しているのであれば二日で到着するでしょう」

街道を行くモンスターの群れが目指している、メヌエヌ市とワズロー市。

両都市とも、このリッツハイム市から東の方角に位置する都市だ。

その二つの都市はリッツハイム魔導王国における重要な城塞都市である。メヌエヌ市ではポーション量産のため大々的に薬草栽培を行っており、ワズロー市は近隣国との貿易拠点であるからだ。

街道はあるところで二つに分岐する。

モンスターの群れがどちらに向かうのか、はたまた両方の都市に向かうのかはまだ分からないということか……

「あ、明日の正午だと?」

「王都から騎士団を派遣するのであれば、ワズロー市であれば本日出発すれば翌日には到着するでしょう。……ですが、メヌエヌ市の方は……」

「そんな……一体どうすれば……」

人々の嘆きが、さざなみのように広がっていく。

メヌエヌ市は、数万人を超す人々が住まう大型都市だ。もしもモンスターの群れが半数に分かれてメヌエヌ市に向かったとしても、どれだけの被害になるかは考えたくもなかった。

「――僭越ながら申し上げます。メヌエヌ市への派遣、我が黄翼騎士団にお任せいただけませんでしょうか」

その時、厳かな声で名乗りをあげたのは、オルトラン黄翼団長だった。

片膝をつき頭を下げている彼の前にいるのは、陛下の側近役と大臣だった。その傍らで、合同会議を拝聴予定だった陛下がじっと黄翼団長を見下ろしている。そして、側近役である壮年の男性に何事かを囁かれた。

「――マックオーネ黄翼団長。その方の騎士団であれば、明日の正午までにメヌエヌ市に間に合うと？」

「我が騎士団の団員は過半数が獣人です。獣人の体力が人間族よりも勝っているのは皆の知るところかと存じます。また、馬にポーションを飲ませて走らせ続けます。休息をとらずに走らせれば、正午には充分に間に合うはずです」

「なるほど」

「また、我らはあくまでも防衛戦に徹します。モンスターとの戦闘は極力避け、本格的な戦闘は他の騎士団が到着してからにすることとします。であれば、メヌエヌ市の市民を守り切ることはかなうはずです」

「…………」

側近はなにかを考え込んだ後、陛下へとちらりと視線を向けて、一つだけ小さく頷いてみせた。

それを見た陛下もまたゆっくりと頷かれ、一歩、前へと進み出た。陛下の纏うマントに描かれた、八色の翼の紋章が窓から差し込む明かりに照らされ、淡く輝く。

「マックオーネ、その言や良し。なれば、一つだけお前に命じよう」

「ハッ！」

「生きてこのリッツハイムに帰れ。お前とお前の部下、ともどもな。……メヌエヌ市の民たちを頼んだぞ」

「ありがたきお言葉、感謝いたします。拝命いたしました！」

陛下の言葉を承るオルトラン黄翼団長の顔は、誇りに満ちていた。普段の傲岸不遜ともいえる態度が思い出せなくなりそうなほどだ。

「……では、メヌエヌ市への援軍は黄翼騎士団を先駆けとする。そして、その援軍として黒翼騎士団、行けそうか？」

「リスティーニ黒翼団長。どうだ？」

陛下のお言葉を受け、側近の男性と大臣が目配せを交わし、ガゼル団長へ視線を投げかける。

「ハッ！　我ら黒翼騎士団、民を守る戦いなれば、いつ何時でもお任せください」

「うむ、その意気や良し！　では黄翼騎士団は二刻後に出立せよ！　黒翼騎士団も準備が整い次第の出立を行うものとせよ！　また、緑翼騎士団も合わせてメヌエヌ市へ――」

「――大臣殿、お待ちください」

そこで声をあげた者が誰かと分かった瞬間、皆、目を見張った。

声の主は、光を受けて輝く白銀髪にアイスブルーの眼差しを持つ青年、白翼騎士団のリオン殿だったからだ。

私もまた驚いた。彼が誰かの言葉を遮るのは非常に珍しい。

「リオン白翼団長？」

「メヌエヌ市への派遣は我らが白翼騎士団へお任せいただけませんか？」

「なに？」

「ワズロー市は我が国の民だけではなく、近隣諸国の商人がおります。彼らの避難や護衛を考えれば、あの一帯のモンスター討伐を日頃から担っている緑翼騎士団が、ワズロー市への派遣に適任かと愚考(ぐこう)いたします」

「……ふむ」

大臣がリオン殿の言葉を吟味するように、顎髭(ひげ)を親指でなぞる。

リオン殿はなおも言葉を続けた。

「モンスターの群れがどちらに向かうかはまだ分かりませんが、メヌエヌ市を襲った後にワズロー市へと向かうという可能性もあり得ないことではございません。ワズロー市の商人たちの避難が間に合わず被害が出たとなれば、現在、ポーションによって確立した優位性をゆるがしかねないかと」

「……だが、しかし……」

大臣は困ったように側近や陛下と視線を交わした。

それもそうだ。この戦いは、生きて帰れるかどうかは分からない。

リオン殿が率いる白翼騎士団は、貴族の子息で構成されている集団だ。もしも彼らの身になにかあった場合は……という考えが、大臣の頭の中を駆け巡っているのだろう。

だが、そんな彼らの思惑を跳ね除けるように、リオン殿は凛とした声で告げた。

「――我ら皆、騎士として国に剣を捧げた時から、覚悟はできております」

室内に響いた誇り高き声に、皆の口から思わず、ほう……と感嘆の吐息が漏れた。

陛下もまた、リオン殿をじっと見つめる。

そして、静かな眼差しを向けたまま、リオン殿にゆっくりと大きく頷いた。

「そうか。ならば、儂（わし）の言うことはただ一つである。――白翼騎士団団長、リオン・ドゥ・ドルム。黒翼騎士団と共にメヌエヌ市へ向かい、民の安寧（あんねい）を脅かすモンスター共を蹴散らしてこい！」

「ハッ！　拝命いたしました！」

その後の話し合いで、黄翼騎士団、黒翼騎士団、白翼騎士団がメヌエヌ市へ、そして、緑翼騎士団、赤翼騎士団がワズロー市へ派遣されることが正式に決まった。

黒翼騎士団と白翼騎士団が出発するのは明日の夜明け前だ。今から早急に装備を整えなければならない。

火急（かきゅう）の事態に、さすがのガゼル団長も厳しい顔をされている。

「……百に達するモンスターの群れですか。大変なことになりましたね、タクミ」

「…………」

「タクミ?」

「あ、ああ。すまない、少しぼうっとしていた」

そう言われて、タクミの顔を覗き込んだ私はひどく驚いてしまった。

いつも冷静沈着で顔色一つ変えないタクミが、先程リオン殿に声をかけられた時も平然としていたタクミが、心なしか顔を青ざめさせていたのだ。

「大丈夫ですか、タクミ? ああ、いえ、申し訳ありません。大丈夫なわけがありませんよね。百を超すモンスターの群れが都市を襲うなど……これからどうなるのか、誰もが不安に感じて当然です」

「……ああ、うん。そうだな、うん、そうだ」

きっと、メヌエヌ市に住む民のことを気にかけるあまり言葉少ななのだろう。私は彼の背中にそっと掌を重ねる。

「ですが、メヌエヌ市の市民は私たちであれば絶対に守り抜けます。ガゼル団長を信じて、戦い抜きましょう」

「……そう、だな」

だが、いまだにタクミの顔は暗い。

しかし、それも仕方がないだろう。彼はひどく優しい人なのだ。

……タクミは王都に来てから、人付き合いを避けるように日々を送っていた。

休養日であってもあまり外に出かけようとせず、隊舎か自室で過ごすことが多い。

ガゼル団長か私、イーリスが声をかければ一緒に外に行くものの、他の団員たちが訓練の後に声をかけても一緒に出かけることはほとんどない。聞けば、酒場に誘っても娼館に誘っても断られるのだという。

恐らくその理由は、彼の黒髪黒目の特異な容姿に関係する。

はっきりと言われたわけではないが、彼は過去、奴隷商人の元にいたらしい。

タクミを非合法な手段で捕えていた者たちは、きっと躍起になって彼を捜し続けているはずだ。

そんな自分の事情に、周囲を巻き込まないためなのだろう。

そんな彼が心配で、先日、私とガゼル団長の二人でタクミを城下町の服屋に連れていき、なかば押し付けるようにして強引に彼に私服を与えた。途中で、偶然店を訪れたイーリスまでもが参戦した時には驚いたが、きっと、イーリスも彼のことを日頃から心配していたに違いない。

だが、それでもタクミの籠もりがちな生活は相変わらずだ。

そんな彼を見る度に、かつて、彼に泣き声混じりに囁かれた言葉を思い出す。

『おれは……この世界であの時、出会えたのが黒翼騎士団の皆で、本当によかったと思ってる……。ガゼルやフェリクスたちにあの時会えていなかったら、生きていけなかったと思う。おれはこの世界には家族も恋人も友人も、誰もいないから……だから、二人に頼るのは嫌なんかじゃない。ただ、二人に絶対に嫌われたくないんだ』

……そんなことが、あるわけがないのに。

私やガゼル団長が貴方を嫌うことなんて、なにが起きようとも絶対にない。むしろ今までに何度、愛の言葉を、滾（たぎ）るような情熱を捧げたのか数え切れないほどだ。

しかし、それを受けてもなお……この青年は「嫌われたくない」と答えるのだ。なんといじらしく、愛おしいのだろう。

だが、そんなタクミの謙虚（けんきょ）さを愛おしく感じる一方で、そう言わせてしまうほどの彼の孤独を思うと、あまりにも痛ましかった。

同時に、彼の心の氷をいまだに融かせない自分の無力さが腹立たしい。

だから、私は暗い顔で俯（うつむ）くタクミに、さらに言葉を重ねた。誰よりも優しくて、意外に純真なところがある彼の憂（うれ）いを、少しでも晴らしてあげたかった。

「タクミ、安心してください。メヌエヌ市の市民は私がこの剣にかけて守り抜くと誓います。そして、貴方の命も同様です。貴方のことは必ず私が守ります」

「っ……！」

だが、私の言葉にタクミの顔にはむしろ怯えの色が浮かんだ。

縋（すが）るように私の腕を掴み、身を乗り出す。

「フェリクス、おれなら大丈夫だ。おれのことは大丈夫だから……絶対に、絶対に生き残ってくれ。頼むぞ」

「ええ、無論です。……必ず生き残って王都へ帰還するとお互いに約束しましょう」

「……そうだな、そうしよう。絶対に、このリッツハイムに帰還しよう」

私は真剣な表情で頷き、小さく震える彼の手を撫でて宥める。

しかし、タクミの顔に浮かんだ怯えと憂いはなおも消えることがなかった。ぎゅっと眉根を寄せて、苦しげに顔を歪めている。

——もしも。

もしも、ここでタクミともっと言葉を重ねていれば。

そうすれば、この後の運命を変えることができたかもしれないのに——

◇

——どうして、だ？

黒翼騎士団の隊舎に帰った後、おれたちはガゼルの下した命令の下、各自救援準備にあたった。

そしておれは、騎士団の準備と自分の準備が終わったところで、隊舎内にある部屋に戻った。なお、相部屋ではあるがルームメイトはまだ帰ってきていない。

本来なら、明日の夜明け前に出立するために、少しでも仮眠を取っておかなければならないところだ。けれど、今のおれはどうしても眠れそうになかった。

「——何故だ。こんな展開、ゲームにはなかったのに……！」

ワズロー市に、メヌエヌ市。

両方とも『チェンジ・ザ・ワールド』のゲームに登場する都市だ。しかも、あの『黒翼騎士団壊滅イベント』の舞台となっている。

「何故だ……？　壊滅イベントにしてはまだ時期が早すぎる。このタイミングでどうして、モンスターの群れの襲撃が起きるんだ？」

ぶつぶつと呟いて、部屋の中を落ち着きなく歩き回る。こんな姿をルームメイトに見られたら心配されるだろう。

それでも、じっとしてなんかいられなかった。

頭の中をいろんな考えがぐるぐると駆け巡る。

黒翼騎士団壊滅イベントでは、まず、メヌエヌ市がモンスターの大群に襲われ、市民を避難させるために黒翼騎士団が籠城戦を行う。

そして、主人公は近くにある大都市——ワズロー市へと駆け、そこに駐在していた白翼騎士団に助けを求めるのだ。

だが、白翼騎士団が到着した時は既に手遅れだった。市は壊滅状態となっており、黒翼騎士団のメンバーのほとんどが命を落とす結果になってしまう。

「っ……おれが……」

おれが——ポーションを開発したのが原因なのだろうか？

ポーションの開発イベントを早めることで、このリッツハイム魔導王国に様々な影響をもたらした。

それは良い影響も与えたが、ある面においては、『チェンジ・ザ・ワールド』のストーリーを決定的に変えてしまう結果になった。

本来であれば、『チェンジ・ザ・ワールド』の主人公はもうとっくにこの世界に召喚されているはずだ。

しかし、ポーション開発の影響により、主人公――異世界からの救世主――を召喚するという試みは、立ち消えたままだ。

ならばもしかして、メヌエヌ市におけるモンスターの襲撃は、主人公が召喚されなくなったことと関係があるのか？

メヌエヌ市を襲うモンスターの襲撃は、おれに原因があることなのか――？

ふとそんな考えが頭を過り、心臓の音が、耳の奥でうるさく鳴り響く。

「っ……落ち込んでる場合じゃない。もしもこの戦いが、壊滅イベントが早まったってことなら、おれにできることを考えないと。エリクサーは手元に用意したから、持っていける状態だ。他になにか、なにかないのか？」

戦力としては、黄翼騎士団、黒翼騎士団、白翼騎士団の三騎士団がメヌエヌ市に集結するのだ。本来のゲームイベントよりも条件はずっといい。

だが、問題は黄翼騎士団だ。先行する黄翼騎士団の団員たちには多かれ少なかれ、犠牲が出るかもしれない。

彼らと黒翼騎士団のために今からできることとして、おれは騎士団合同会議が終わった後、城下町にある香水屋『イングリッド・パフューム』に赴き、作っておいてもらったエリクサーを全て貰ってきた。

数は十二本しかないが、過去に行った実験で、エリクサーはわずかな量を水に溶かすだけでも、多大な治癒効果をもたらすことが分かっている。

その治癒効果はポーションよりも段違いだった。この数でも、大きな助けになるはずだ。

そして、おれの持っている呪刀。

今回ばかりは、出し惜しみしていられる状況じゃない。

なりふり構わず戦う時だ。

「……っくそ。もっとエリクサーを作っておくべきだったか……いや、それだと本末転倒か」

悪態をついて、天を仰ぐ。とはいえ、室内なので木目調の天井しか見えない。

なにも、見えない。

……もしも、この戦いでガゼルやフェリクスが傷つくようなことがあれば。考えたくはないが、万が一、あの二人が死ぬようなことがあれば……

きっと、おれは自分を許せないだろう。

◆

晴れ晴れとした空は爽やかで、空気はどこまでも清々しかった。

こんな日でなければ、きっと晴れやかな気分になっていただろう。

――けれど。目的地に近づくにつれて、その空気に鉄錆（てつさび）の臭気が混じり始めた。

都市の城壁が見えてからは、その臭いはますます強くなる。周囲にいた黒翼騎士団の団員たちはより一層顔をひきしめ、戦意をその顔に漲（みなぎ）らせた。

だが、それとは正反対に、黒翼騎士団の後に続く白翼騎士団の若者たちは皆、怯えの色を顔に浮かべ始めたのが見て取れた。

「っ……くそ。なんでオレたちが救援になんて……」

「おい、あまり大きな声で言うんじゃない！　これは勅令（ちょくれい）だぞ！」

中には表情だけではなく、声に出してそんなことを言う青年までいた。

……だが、彼の気持ちも正直分からないでもない。

見たところ、彼はおれと同年代の青年だった。おれだって、自分の目的のためでなければ、救援任務なんて進んで行きたいとは思わなかっただろう。

しかし、おれは、おれだけは行かなければいけない。

……このモンスター襲撃の原因は、おれの行ったゲームストーリー改変によるものなのかもしれないのだ。

明け方に王都を出発してから馬を走らせ続け、ようやく城壁が見えてきた。

そして、城壁だけではなく、辺りには馬やモンスターの死体がちらほらと地面の上に横たわっているのも見えた。血臭の元はこれだろう。

あまりにも濃い血の臭いに顔をしかめ、呼吸を止めつつ、過ぎ去りざまに死体の群れを横目で眺める。

そこに人間の死体がなかったことに、おれはほっと安堵の息を吐いた。

城壁の門が近づくと、死体の数はますます顕著になった。

メヌエヌ市は六つの城門を持つ円形の城壁に囲まれた大都市だ。その城壁の高さは約八メートルにも及ぶ。

その城壁の周りのあちこちに、マッドベアーやスコル、アオジカなどのモンスターの死体が倒れていた。

その中に、ちらほらとアオジカに似た体格の、真っ赤な体毛を持ったモンスターがいるのを目にし、おれは少し驚いた。

確か、あれは『チェンジ・ザ・ワールド』に出てきたアカジカだ。

でも、あれがここにいるということは……

「――我ら、陛下の勅令(ちょくれい)によりメヌエヌ市の救援に任じられた白翼騎士団、黒翼騎士団一同である！　城門を開けよ！」

白翼騎士団の副団長が城門の向こうへ声をかける。

その後、門の向こう側にいる人間と二、三度言葉を交わし、ゆっくりと門が開いた。

門が巻き上げられ、おれたちはメヌエヌ市の中に入る。

だが、入った瞬間、皆ぎょっと目を見開いた。

そこにいたのは、先行していた黄翼騎士団とメヌエヌ市の自警団の人々だった。

彼らは一様に酷い手傷を負っていた。腕や顔には包帯を巻いており、そこには血が滲んでいる。そればかりか、建物に寄りかかるようにして座り込んだり、地面に寝転んだりしている兵士たちもいた。彼らの怪我は、ほとんど手当すらされていない。

先頭にいたガゼルとリオンが、あまりの光景に顔をしかめるのが見えた。

するとそこへ、街の奥から見慣れた男性の姿が見えた。黄翼騎士団のオルトラン団長だ。

大きな傷こそ負っていなかったものの、顔や手は擦過傷だらけだ。

ガゼルとリオンは団員たちに、馬を厩舎に行かせて、各班ごとに街の警護と状況を確認するように指示を出した。それを受けて、フェリクスと白翼騎士団の副団長、幹部たちが指示を出し始める。

おれは先程の光景から報告しなければいけないことがあったので、自分の班を離れてガゼルの元へ歩いた。

「――オルトラン、まずは無事でなによりだぜ。で、状況は？」

「正直、かなり悪い。自分たち、黄翼騎士団が到着した頃には南門が破られかけていた。で、南門に団員を集中させた途端、奴らは今度は西門を攻め始めた」

「なに？　それではまるで、奴らがこちらの動きを読んだみたいじゃないか。たかがモンスターが、そんな動きをするなんて聞いたことはないが……」

オルトラン団長の言葉に、リオンが訝しげな声をあげる。

それを受けてオルトラン団長は、苛立たしそうにチッと舌打ちをした。

「自分とてそんな話、聞いたこともない。だが、奴らは実際にそう動いたのだ。それともまさか我々が嘘を言っていると？」

「そうではない。ただ、あまりにも前例のないことだ」

「おい、二人共いい加減にしろよ」

ガゼルの仲裁も虚しく、リオンとオルトラン団長は睨み合っている。

この空気の中で渦中のお二人に声をかけるのは、とてつもなく勇気を要したが、かけないわけにもいかなかった。

「リオン、ガゼル。少しいいか？」

「タクミ？」

「タクミ、どうかしたのかい？」

振り返ったガゼルは驚いたように、そしてリオンはずずいとこちらに詰め寄るように距離を詰めてくる。

ちょ、ちょっと距離が近い。

「ここに来る途中、モンスターの群れの中にアカジカがいた。皆も見たかもしれないが、伝令の方の報告にはなかったことだから、一応、報告しておいた方がいいかと思ってな」

「……アカジカ？」

「アオジカの仲間ってことか？　体毛の色が違うだけで、同じ種類じゃねぇのか？」

リオンとガゼル、そしてオルトラン団長が驚いたようにおれを見てくる。

三人共、やはりアカジカは、ただのアオジカの色違いだと思っているようだ。

アオジカは名前の通り、青い体毛を持つ三メートルほどの大きさの鹿の姿をしたモンスターだ。アカジカはまったく同じ姿で、赤い体毛を持つ。

おれも『チェンジ・ザ・ワールド』の知識がなければ、ただの色違いだと思って気にも留めなかっただろう。

「姿形は似ているが、厳密には同じモンスターではない。アオジカは角による魔法攻撃を放つが、アカジカは治癒魔法を使って群れの仲間を回復するのが特徴だ。だから、アカジカは普通、群れに守られて暮らしていて、めったに人里には下りてこないはずなんだ」

「治癒魔法か……！　厄介だな」

俺の言葉にガゼルが眉をひそめ、唾棄するように言った。ついで、隣に立つオルトラン団長がハッとした表情を浮かべる。

「そういえば、うちの団員もそんなことを言っていた。いくら攻撃しても、何故か傷が回復するアオジカがいたと……」

「それも厄介だが、一番嫌なのが、あいつらの角はレーダーの役割もあってな」

「れぇだぁ……？」

レーダーの意味が分からず、小首を傾げるリオンに、おれは慌てて説明した。

「あ、えっと……超音波というか……おれたち騎士団も、仲間に指示を出す時に笛を吹いたりするだろう？　アカジカはあの角からそういう笛に似た音を放っている。人間には聞こえないんだが、仲間であるアオジカには聞こえるんだ。騎士団に例えると、アカジカは団長で、アオジカは団員というわけだな。だから、モンスターたちが即座に移動を開始したのも、アカジカが関係あるのかもしれない」

「…………」

「…………」

「…………」

あれっ、みんな黙っちゃったよ⁉

もしかして「そんな基礎知識、お前に言われなくても皆知ってるんだけど」って沈黙⁉

ち、違うよね⁉

「……なるほど、状況は分かった。アカジカとやらはかなり厄介な敵だな」

「うむ。そういう特性を持つモンスターであれば、その謎めいた行動にも頷ける。オルトラン団長、先程は思慮を欠いた発言、申し訳なかった」

「ああ、いや。自分も悪かった。つい、こういう状況だから余裕がなかった」

二人がお互いに謝る光景を見て、ほっとする。

よかった、余計なお世話ではなかったらしい。

だが、オルトラン団長とリオンがおれに顔を向けた時、おれの心臓は飛び出しそうになった。

「だが、タクミ……君はそのような知識をどこで得たのだ？」

「ああ。アカジカの存在も、その特性も自分たちは聞いたことがない」

「それは……」

だらだらと冷や汗を流すおれの前に、さっとガゼルが割って入った。

「二人共、それは後にしてくれ。それよりも今は都市の防衛だ。市民の避難はできそうなのか？」

ガゼルの言葉にオルトラン団長は苦々しい表情を浮かべる。

リオンはちらちらとおれを見ていたが、しばらくしてからオルトラン団長に視線を戻した。

「……全市民の避難は無理だ。むしろ、モンスター共が引いた今は、都市の外に出す方が危険だ」

「そういえば、今、モンスターはどこに？」

「いったん森に引いたようだ。お前たちが街道で行き合わなかったようであれば、ワズロー市に向かったわけではないのだろう。恐らく、再びこの都市を襲撃に戻ってくるはず――……」

オルトラン団長はそこで言葉を不意に切った。

そして、くわっと目を見開くと、おもむろに顔を南の方角へ向ける。それは、先程の会話の中で出てきた南門の方角である。

「っ……！　今の音、聞こえたか？」

「いや、私にはなにも……」

「――オ、オルトラン団長っ！」

すると、そこへ血相を変えて一人の男性が駆けてきた。その隊服と獣耳からして黄翼騎士団の団員のようだ。

「モ、モンスターの群れが再び南門に集結しておりますっ！　その数、恐らく百五十！」

それを聞いた後の、ガゼル、リオン、オルトラン団長の動きは素早かった。

各団員に指示を出して、南門へと団員を配置し、怪我人を移送し、市民を避難させる。

都市中から集めた剣や弓矢を配備しただけではなく、油や石までも集めた。いざという時には城壁からモンスターに向かって石を投げたり、炎にかけたりするためだ。

市民にとって、油は貴重で高価なものである。それをモンスターに向かって投げ捨てるためと分かった上で、市民は提供してくれた。

つまり、この都市に住まう者は皆、分かっているのだ。

この戦いに騎士団が敗れれば——自分たちの未来はないのだと。

「——状況は⁉」

「南門にマッドベアーやスコル、アオジカ、百五十体以上が集結しております。そういえば奇妙なことに、モンスター共の群れの後ろに、赤い体毛のアオジカに似たモンスターが十体ほどいるようです」

「……タクミの言った通りか」

「は?」

「いや、いい。南門はどうなんだ?　どれぐらい持ちこたえられそうだ?」

おれたちは南門へと馬で駆けた。そして、道中でガゼルの尋ねた質問に対し、黄翼騎士団の獣人の青年が眉根を寄せる。

「どれほど見積もっても、最早三十分は保たないかと……」

「……それほどか」

「いかんせん、最初の報告よりも数が多いな。モンスターの群れはワズロー市に向かわなかったのか？」

「いや、報告によれば今、ワズロー市でも防衛戦の真っ最中らしい。だからどこかの段階で二手に分かれたはずなんだがな」

「最初の報告に間違いがあったのだろうか……今、南門はどのように？」

「南門は自分たちが到着した時には既に破られかけていた。モンスター共が引いたのを見計らって補修作業にあたらせていたのだが……間に合わなかったようだ、すまん」

「いや、お前たちのせいじゃない。誰がやっても同じことさ」

悔しげに唇を噛むオルトラン団長の肩を、ばしりとガゼルが叩く。

そして、にかっと白い歯を見せて笑った。

「俺らが到着した時にはモンスター共が狩りつくされて、危うくタダ働きになるんじゃねェかと心配してたところだ。狩場が残っててなによりだ」

「ふっ……そうだな。私たちがここまで来たことが徒労にならなくてありがたいくらいだ」

意外にも、ガゼルの冗談にリオンが追随した。

それにガゼルもオルトラン団長も驚いたようだったが、すぐに笑みを浮かべた。

「なんだ、意外と話せる奴じゃねェかリオン殿」

「……意外とは余計だ。まぁ、その……」

すると、何故かリオンがガゼルの後ろに続いて走る俺をちらりと見た。

アイスブルーの瞳がじっと俺を、どこか熱っぽい眼差しで見つめてくる。

「……今までは少し、私の中にも君たちに対する誤解のようなものがあったようだからね。……彼のような善良で誠実な人が、君たち、黒翼騎士団のことを家族だと言ったんだ。だから、彼の言葉を信じてみようと思ってね」

「……なるほどなァ。あの時、俺たちと共に救援任務に向かうと進言した理由はもしかしてそれか？」

「無論、それだけではないさ。両方の都市を救うのに一番適している編成はこの形だったろう？ただ、きっかけは彼だったのかと聞かれれば、それを否定はしないがね」

「ふむ。リスティーニ、これはうかうかしていられないようだな？　どうやら強力な好敵手が出現のようだぞ？」

えーっと……？

なんだか、ガゼルとリオンがコソコソ喋りながら、そしてオルトラン団長はちょっと面白そうにおれを見て喋っているが、馬で走りながらの会話なので全然聞き取れない！

よく分かんないけど、三人ともこの状況でけっこう余裕あるね!?

おれは正直、皆について行くのでイッパイイッパイです！

そうしているうちに、おれたちはとうとう南門に辿り着いた。到着した瞬間に、びりびりと肌が震える。

恐怖のためではない。

南門の向こうから、モンスターたちの雄叫びが津波のように響いてくる。その振動で、肌がびりびりと実際に震えているのだ。

「ぐっ……！　これは……」

「――オルトラン団長、南門はもう持ちません！」

「つくそ、やむを得ん！　全員バリケードから離れて武器を取れ！　ここで食い止めるぞ！」

南門は、城門の中でも一番小さい扉だ。

まるでモンスターたちはそれを知っていたかのように、アオジカが扉に魔法攻撃を仕掛け、魔法攻撃の合間を縫ってマッドベアーが体当たりを食らわせる。

体当たりをする度に、木製の門がミシミシと嫌な音を立てた。

この時、南門に集結していたのは、元々警備とバリケード作りにあたっていた黄翼騎士団の騎士十五名と、新たに到着して配備されていた黒翼騎士団と白翼騎士団の騎士、二十名ずつだ。

それ以上の人数を集結させれば、乱戦状態になった時に戦えなくなる。

また、城門の上には弓を扱う騎士を各騎士団から五名ずつ配置していた。

彼らは真剣な表情で、城門を打ち破ろうとするモンスターめがけて弓を射掛ける。だが、彼らが射る前にそれを察知したアオジカが魔法攻撃を仕掛けてくるため、それを避けねばならず、弓矢での攻撃はあまり上手くいっていないようだった。

おれはガゼルたちから離れると、自分の部隊が配置された場所に向かいながら、ぱしり、と自分の頬を叩いて活を入れる。

もう、門が壊されるまではあと数分というところだろう。

……おれがどこまでできるかは分からないけれど……でも、できることをやるしかない！

「……ずいぶんと気合が入ってんのな」

と、聞き慣れない声がした。

声のした方向を向くと、そこには見たことのない顔の青年がいた。

オレンジ色に近い茶髪に明るい緑の目。ちょっと目つきは悪いけれど、充分顔立ちは整っている。

そして、白を基調とした制服に銀色の胸当（むねあて）をつけ、その上には白い翼の意匠がついている。

だが、白翼騎士団の団員なら、聞き覚えも見覚えもないのも当然だ。

どこか見覚えのある青年だったので、彼の顔をじっと見つめると、たじろいだように視線を逸らされる。

「……どこかで会ったことがあったか？」

「いや、アンタとは初対面だよ」

「そうか」

彼はおれと同じく前衛担当の騎士のようだ。

この場には、黒翼騎士団と白翼騎士団の団員が入り乱れて配置されているので、ちょうどおれの部隊の隣に、白翼騎士団の前衛部隊がいたのだった。

あ。っていうかもしかしてさっきの、おれが自分に活を入れたとこを見てたんですか？

ちょ、ちょっと恥ずかしいな。

「ふん。お前ら、黒翼騎士団は自分が死ぬのも怖くないんだろ？　こんな修羅場でも、どいつもこいつも平然としやがって……」

声をかけてきた青年は、キッとこちらを睨みつけて一人ごちた。

見れば、腰に携えた剣の柄頭に触れている手は、小さく震えている。

「くそ……なんでこんな、親父が白翼騎士団ならたいしたモンスターとの戦いはないって、社交界での箔付けになる、パイプづくりになるからって言って、だから入団したのに……！」

あ、思い出した。

この人、このメヌエヌ市に来るまでの道中で「っ……くそ。なんでオレたちが救援になんて……」って悪態をついて、注意をされていた人だ。

まぁ、そう思うのも無理からぬことだよなー。

この青年の場合だと、戦う覚悟なんかほとんどできてないまま、いきなり大量のモンスターとの防衛戦をしなきゃいけなくなったんだろ？　そう考えると、すごいハードモードだな!?

おれは自分の初陣の時は、てっきり映画の撮影に巻き込まれたと思ってたから、死ぬか生きるかの覚悟をする以前の問題だったけど。でも、あれが本物の戦場だってはなから分かってたら、きっと泣きながら命乞いとかしてたに違いない。

っていうか、こういう事態もあり得るんだから、白翼騎士団の入団制度とかちゃんと見直した方がいいんじゃないだろうか？　貴族のご子息の箔付けだとしても、立場上、国のために戦わなきゃいけない時は必ず来るだろうしさ。その時になったら一番困るのは、彼ら自身だよなぁ。

あ、でもおれが言えた義理じゃないか。黒翼騎士団なんか、おれみたいな正体不詳の密入国者を入団させてるもんな。

今考えてみると、本当におれはよく入団できたよね!?

「っ、くそ……なんでオレがこんな……」

……でもさ。彼、こんなに怖がってるのに、逃げないんだよな。

逃げようと思えば、一人で部隊を離れることだってできなくもないだろうに。

すごくない？　おれが一番初めに海賊と戦った時なんて、映画の撮影だって思い込んでたにもかかわらず、緊張のあまりに床ですべって転んじゃったぐらいだよ？

おれはそっと手を伸ばして、震える彼の手に自分の掌を重ねた。

青年が驚いたようにおれをまじまじと見つめる。

「それでも、逃げようとはしないんだな」

「……そりゃ……」

彼は、明るい緑色の目をじっと周囲に向けた。

そこに広がっているのは、見るも無残な光景だ。活気があったであろう大通りには人っ子一人おらずがらんとしていて、折れた弓矢や剣が打ち捨てられ、血液が飛び散った跡がある。

「……本音言っちまえば怖いしさ、逃げてーって思うよ。それに多分、その気になれば、オレ一人でもこの街から逃げることはできるだろうけどさ……」

奥歯を噛みしめ、恐怖に顔を歪める青年。

おれはその顔を真っ直ぐに見つめ、視線で先を促した。

「でもさ……オレらが到着した時、出迎えてくれたこの街の人たちは『ありがとう』って言ってきたんだよ。オレらが王都でお飾り騎士団なんて呼ばれてるのも知らないでさ。……この街に来てくれて、自分たちを見捨てないでくれてありがとう、って」

栗色の髪の青年の言葉が、静かに響く。

気づけば、この周囲で会話をしている者は、おれたち二人だけだった。

黒翼騎士団、白翼騎士団のどちらとも、おれたちの会話に耳を傾けている。

「……怖いのはおれも同じだ」

いまだに震えている青年の手を、おれはぎゅっと強く握った。

「……お前ら、黒翼騎士団の団員でも戦うのは怖いのか？」

「戦うことが怖くない人間なんていない。でも、おれは自分が傷つけられるよりも……自分の仲間が傷つけられることの方がずっと怖い」

「…………」

「自分が守れたかもしれない誰かが傷つく姿を見るよりは、おれは自分が傷ついた方がいい。その方がずっと怖くないってだけだ。まぁ、つまりはおれは誰よりも臆病なんだ」

そうだ。おれは戦うのも怖いし、なんなら戦場にいること自体すでに腰がひけている。本音を言えば、逃げたくて逃げたくてたまらない。

でも、それでも——ガゼルやフェリクス、イーリスにリオンにオルトラン団長、そして黒翼騎士団の皆が傷つき、失うことに比べたら、そんな怖さと比べたらずっとマシだ。

……だって、この状況はおれが原因かもしれないんだから。

それで皆が傷つくことになるくらいなら、せめておれが……

そんなことを考えていると、不意に、ぎゅっとおれの手を握ってくるものがあった。

見れば、白翼騎士団の青年の手がおれの手を握り返している。

「……アンタ、名前は？」

「おれか？　おれはタクミだ」

「そ、そうか。その、上手く言えないんだけどさ、ありがとう……アンタと話せてよかったよ」

「おれもだ。王都に帰ったら、よければもっと話そう」

そう言って笑いかけると、何故か白翼騎士団の青年さんは顔を真っ赤にして慌てだした。

な、なんだろう？

もしかして、「今のは社交辞令のつもりだったんだから、本気にされると困るんだけど、マジかよどうしよう」って思って慌ててるのかな？

そ、そうだったとしたらめちゃくちゃ悲しいな！

SIDE　白翼騎士団団長リオン

――とうとう南門は轟音を立てて破られた。

南門が壊れる音と共に、地響きを立てて城壁の中に突っ込んで来たのはマッドベアー五頭だ。

マッドベアーは、森に住む野生の熊に似てはいるが、その身体は二回り以上大きく、赤黒い毛並みが特徴だ。

その大きく頑丈な体格による突進と、手足の鋭い爪から繰り出される斬撃の威力は凄まじく、一対一の戦いでは人間側にほとんど勝ち目はない。

「テメェら落ち着け！　訓練通りやればいい、まずは三人以上で一頭を囲め！」

素早く檄を飛ばしたのは黒翼騎士団の団長であるガゼル殿であった。

素直にさすがだと感心する。ガゼル殿の指示でハッと我に返った団員は、武器を手に取るとそれぞれマッドベアーを多数で囲み始めた。

マッドベアーが門に入ったところで騎士たちに動きを抑えられると、あとに続く残りのマッドベアーやアオジカ達は門に入ることができなくなり、動きが止まった。

その隙を狙い、今度は黄翼騎士団団長のオルトラン殿が素早く指示を出し、城門にいる騎士たちに矢を放たせる。アオジカは頭上への注意がおろそかになっていたため、この襲撃は成功した。

また、南門に向かってモンスターが一部分に集中していたため、奴らは避けることもできず矢の雨を浴びることとなった。

「よ、よし！　当たったぞ！」

「その調子だ、どんどん射掛けろ！　敵をこれ以上進ませるな！」

城壁の騎士たちの活躍により、アオジカやマッドベアーがこれ以上門の中に進むことはできなさそうだ。

それを見届けると、私も腰に携えた剣を抜き、目の前の敵へと走る。

近くにいた白翼騎士団の部下は、マッドベアーの斬撃をなんとか剣で受けているものの、防御だけで精一杯だった。彼の対峙するマッドベアーの横合いに回り、その脚の付け根へ剣を一閃する。

「GUAGGAAA!!」

耳をつんざくような悲鳴をあげるマッドベアー。

その間隙を逃さず、腹部のやわらかい部分を狙って再び剣を振るう。

「大丈夫か？」

「は、はい。ありがとうございます！」

マッドベアーと対峙していた部下――オレンジ色に近い髪に、明るい緑色の瞳の青年へと声をかける。

彼にとってモンスターとの直接的な戦闘はこれが初めてというわけではないが、普段相手にしているのは、スライムやマッドラビットなどのランクの低いモンスターばかりだ。

中級ランクのモンスターを前にし、恐怖や怯えの色が浮かんでいるのではないかと心配する。たしか彼は、行きの道中にも弱音を吐いていた。

しかし彼を見て、おや、と思った。

なんとも意外にも、その瞳には闘志が満ちている。

「……まだ行けそうか？」

「っ、はい！　団長、ありがとうございました！」

私の問いかけにもはっきりと声を張って答える。

……一体、この短い時間の間になにがあったのだろうか？　そういえば、彼は先程……あの黒翼騎士団の新人であるタクミと話していた気がする。会話の内容までは聞こえてこなかったのだが……もしかして、タクミが彼にもなにかしらの影響を及ぼしたのだろうか？

――タクミ。

黒髪黒目の容姿に、冷静沈着でほとんど表情の変わらない美しい青年。

彼と出会ったのは、ふらりと立ち寄った城下町の一角だった。

あの時、私は自分がスリに遭ったことなぞまったく気づかなかった。気づいたのは、逃げ出したスリの男を追うためにタクミが駆け出してからだった。

私もまた、スリの男とタクミを追った。だが、別に金が惜しかったわけではない。

……不思議だったのだ。

見知らぬ私のために、どうして彼はそこまでするのだろうと。

スリの男はさすがに土地勘があるようで、すいすいと路地裏を飛ぶように駆けていく。だが、タクミはそんな男の後をぴったりとくっついて追っていった。

途中で彼らを見失ってしまったものの、少ししてから、私はようやく路地裏で二人を発見することができた。

その時、目に飛び込んできた光景は、まるで一枚の絵画のようだった。

ひと気のなく薄闇の落ちる路地裏に、タクミは静かな面持ちで倒れた男を見下ろしていた。建物の隙間から差し込む光が、淡く彼を照らし、触れたら消えてしまいそうなほど儚い。

黒々と濡れる瞳は、まるで黒曜石をはめ込んだように美しい。その視線をこちらに向けてほしいと感じたが、同時に、永遠にこのまま彼を見つめていたいと矛盾した思いが胸の奥から湧き上がる。

しばしの間、彼に見入っていた後で、私は恐る恐る彼に話しかけた。

「これは……まさか、君が？」

だが、彼は私の方に視線を向けただけで、なにも答えようとしなかった。

その時にはもう、私は自分の財布がすられたことも、あまつさえ目の前で昏倒しているスリの男のことさえもどうでもよくなっていた。

「このスリはまだまだ余罪がありそうだ。君さえよければこのままこの男を騎士団へと連行するが、いいだろうか？」

「……ああ、かまわない」

もう一度話しかけると、ようやく返事をしてくれた。

だが、その声からはなんの感情も窺うことはできなかった。あいかわらず顔色一つ変えないいまだ。

「だが……君は何故、見ず知らずの私のためにここまでしてくれたんだ？　下手をすれば君の方が怪我をしていたかもしれない。こういったことは慎んだ方がいい」

「スリを追いかけるつもりはなかった、ただの偶然と成り行きだ」

「成り行き……？」

困惑する私に、彼は手に持っていたナイフと一枚のコインを差し出してきた。

反射的にそれらを受け取ったものの、彼の意図が掴めずにますます混乱してしまう。

「これは……？」

「そこで気を失っている男の物だ。貴方から彼に返しておいてくれ」

「ナイフは私の方で没収するが……その、このコインは？」

「それも彼の物だ」

「……あの男は、恐らく他にも余罪があるだろう。このコインも盗んだ物かもしれない。それでも、君はこれをあの男に返すというのかい？」

「盗んだ物なら貴方が没収するべきだと思うが、もしかするとこのコインは本当に彼自身の物かもしれない。なら、彼に返しておくべきだろう」

思ってもみなかった言葉だった。

「………………律儀なんだな、君は」

目の前の青年の誠実さを、それ以外にどう評していいのか分からなかった。

彼はそんな私に肩を竦めると、颯爽とした足取りで横を通り過ぎて行こうとする。その腕を、思わず掴んでしまっていた。

黒曜石の瞳が、私を驚いたように見つめ返す。

そこでようやく気がついた。彼の瞳も髪の毛も、この国では珍しい黒ではないか。最近、『黒』を持つ人間がこのリッツハイム市に来たと聞いていたが……どこでだっただろうか。

「急いでいるのか？　なら住んでいる場所を教えてくれれば、後日、私が報奨金を届けに行こう」

「気遣いは感謝する。だが、おれにはそんな資格はないからな」

「だが、その……」

報奨金の話を出しても、彼の顔に感情が浮かぶことはなかった。

だが、ここでなにも情報を得られないままでは、もう二度と彼に会うことはできないかもしれない。

「では……では、せめて……せめて名前だけでも教えてくれないか？」

「……タクミだ」

――タクミ。

ようやく分かった彼の名前に、心の奥から甘やかな喜びが湧き上がる。この国では珍しい響きの名前だった。やはり移民なのだろう。

タクミは私の手をやんわりと、優しい手つきでほどくと、再びするりと身を翻し、素早い身のこなしで路地から抜け出ていった。

その背中を見送り、私はもう一度、彼の名前を呟いた。

「タクミ……」

――あの時は、まさか彼が黒翼騎士団の団員だとは思ってもみなかった。

私はあれから彼のことを調査していたが、めぼしい情報は得られていなかった。一時期、黒髪黒目の青年がリッツハイム魔導王国に入国したということは社交界でも話題になっていたが、肝心の彼は公の場にまったく姿を見せることがなかったので、次第に人の口に上らなくなっていった。

また、城下町にすら数えるほどしか訪れないようで、いくつかの店に聞き込みを行ったのだが、やはり彼のことを詳しく知るものはいなかった。

ならばと思い、白翼騎士団の名で懸賞金の立て札を城下町に出したが、それでも彼が名乗り出ることはなかった。

……もう彼には二度と会うことはできないのだろうか。そうと分かっていれば、あの時、無理やりにでも彼を引き留めておくべきだったのか――とうとうそんなふうに思い詰め始めた矢先だった。

私は、思ってもみなかった場所で、彼と再会を果たしたのだ。

「タクミ……君は、黒翼騎士団の団員だったのか」

「ああ、おれも驚いた。貴方が白翼騎士団の団長だったとはな」

王都の王立裁判所で開かれる月に一度の会議。

そこに、彼はいた。しかも、よく見慣れた黒の騎士団の隊服を身に纏って。

黒檀のような黒髪黒目と、この国では珍しい象牙色の肌をした彼に、黒を基調とした隊服は驚くほどに似合っていた。だが、それでも私は眉をひそめざるを得なかった。

「……しかし、ガゼル殿。貴殿こそ、本当にタクミを彼自身の意志で入団させたのか？」

「あァ？」

私がタクミにどうしようもなく惹かれているのは、彼の容姿のことだけではなかった。

あの路地裏で彼と交わした会話。あまりにも短い邂逅だったが、タクミという青年の持つ誠実さに、ひどく胸を打たれるには充分だった。

自分に立ち向かってきた犯罪者にさえ慈悲をかけ、真摯に向き合おうとする心優しさ。

なおかつ、自分の実力をひけらかさない謙虚さ。

そんな彼が、騎士団に、しかも当人の実力を第一主義とする黒翼騎士団に所属しているなど、まったく予想外だった。

「タクミは確かに腕が立つようだが……まさか彼を無理やり入団させたわけじゃないだろうな？」

「……タクミの実力を見て、そんなふざけたことが言えるんなら、テメェは見る目がねェな」

「実力については疑っていない。だが、彼は……騎士としてやっていくには、優しすぎる男だと思ってね」

「…………」

私の言葉を受けたガゼル殿は、ただ黙ってこちらを睨み返した。

並みの男ならば、その視線の鋭さだけで震え上がるだろう。だが、私はここで引くわけにはいかなかった。

「待ってくれ、ガゼル。少し、リオンと話をしてもいいか？」

そんな私たちの緊張が緩んだのは、当のタクミが声をかけてきたからだ。

私たちの間に入った彼は、相も変わらず冷静な表情だ。

「リオン、この前は色々と世話になったな」

「いや、そんなことはない。私の方こそ君には助けられた」

まさか彼に礼を言ってもらえるとは思っておらず、予想外の言葉に思わず頬がほころんでしまう。

だが、彼が続けた言葉に、私はひどく動揺することになった。

「リオン、先程の話なんだが……黒翼騎士団を悪く言わないでほしい。黒翼騎士団は行き場のないおれを受け入れてくれた、家族みたいなものなんだ。確かにおれはまだ、団員としては色々と劣っていると思うが、それはこれからも精進するつもりだ」

「タクミ……」

タクミの言葉を受けて、ガゼル殿が嬉しそうな声を零した。

それだけで、彼らの仲の良さが窺えて、少し安心した。少なくとも、これならタクミが無理やりに騎士団に入団させられたり、騎士団内で不当な扱いを受けたりしていることはないだろう。

だが、何故か私の胸にずきりと硝子片の刺さったような痛みが奔った。

安心していいはずだ。それなのに、どうして――

「タクミ……すまなかった、君のことを貶すつもりではないんだ。私はただ、君のことが心配で……」

自分の胸に湧き上がった感情の名が掴めず、思わず、しどろもどろになってしまう。

そんな私を見て、タクミの後ろでガゼル殿が驚きに目を見開いていたが、取り繕う余裕すらなかった。

無様な私にタクミも失望したのではないかとひやりとしたものの、目の前の彼は、なおもどんな感情も見せず、平然としたままだ。

だから――

「おれももっとリオンと話してみたいし」

「っ！　それはもちろん、私もだ」

彼が初めて私に向かって微笑みかけてくれた時は、まるで天にも昇るような心地だった。

幸福感で心が満たされる。彼がもう一度、微笑んでくれるのであれば、私にできることはどんなことでもしてあげたかった。

「今度、うちと合同演習でもできるといいな。白翼騎士団とはやったことがないんだよな？」

「分かった、検討しよう！　ぜひ！」

「「「えっ!?」」」

はた、と我に返った時には、王立裁判所にいる人間全員が私を注視していた。

……結局、黒翼騎士団とは合同演習を行う前に、実戦で合同部隊を組むことになったわけだが。

だが、きっとあの時の彼との会話がなければ、私たち白翼騎士団がこの地を踏むこともなかっただろう。

　まさかタクミがここまで私の運命を変えてしまうなんて、予想だにしていなかった。

　目に怒りを迸らせ、唸り声をあげて私の方へ突進してきたマッドベアーに再び剣を振るいながら、彼のことを思い出す。

　私の放った斬撃はマッドベアーの顔に当たったものの、分厚く硬い頭蓋骨のせいでほとんどダメージは与えられなかったようだ。

　マッドベアーはますます怒りを漲らせて、再び私に体当たりを食らわそうと後ろ脚で地面を蹴りつける。

「――ハァッ！」

　だが、マッドベアーが私の間合いへ入るよりも前に、横から雷光のような剣筋が閃いた。

　マッドベアーが「ＧＵＡＧＧＡＡ！」と悲鳴をあげる。見れば、その片目が見事に切り裂かれていた。

「――助かった、フェリクス殿」

「いえ、お気になさらず、リオン殿」

　横合いの死角からマッドベアーを切りつけたのは、黒翼騎士団のフェリクス副団長だった。その剣才はやはりさすがという他ない。

　そのまま、私とフェリクス殿は自然とペアとなり、手負いとなったマッドベアーと戦った。

　一人が注意を引き付けている隙に、もう一人が死角から攻撃を仕掛ける。マッドベアーがその攻撃に気を取られれば、もう一人が転身して攻勢に回る。

いつしか、私の口元には笑みが浮かんでいた。

「ふっ……さすがだよ、フェリクス殿。本当に、貴殿を我が白翼騎士団に迎え入れることができなかったのは、残念だ！」

「っ、その節は、誠に……」

「ああ、いい。謝ってほしいわけではないのだ。ただ、ガゼル殿は本当に人たらしだと思ってな。貴殿もタクミも、私が欲しいと思った人間は全てあの人が攫っていくものだからな……！」

私はそう言って、目の前に迫るマッドベアーの片目に剣を突き立てた。

「──GGAAGGA！」

とうとう両目を切り裂かれたマッドベアー。その怨嗟の声は凄まじかったものの、ここまで来れば最早恐れることはなにもない。

最後に私は剣で首筋を叩きつけ、マッドベアーを絶命させた。

剣についた血脂を拭っていると、ふと、フェリクス殿がじっと私を見つめていることに気がついた。

「なにかな、フェリクス殿？」

「……いえ、その……リオン殿はタクミとどこでお知り合いになったのですか？」

「ああ。以前、城下町に出かけた時にな。彼がスリを捕まえてくれたのだ」

「………城下町？　スリ？」

「そうだ。タクミの身元が分かったのだから、スリの報奨金を受け取ってもらわねばな。渡すと言ったのだが、自分の手柄ではないと言って断られてしまってね。君からもタクミに言ってくれないか？」

「……その話、あとで詳しくお伺いしても？」

「あ、ああ？　無論、かまわないが」

何故だろうか。フェリクス殿はにっこりと朗らかな笑みを浮かべているのに、なんだかとてつもない冷気を感じるのだが……

「——ＡＧＧＡＡＧＧＡ！」

「っ！」

その時、突如としてモンスターの怒号が辺り一帯に響いた。

ハッとして声のした方向を見れば、いつの間にか青白い毛並みを持つ狼の姿をしたモンスター——スコルが七体、門から姿を現した。

そうか、マッドベアーが私たちや団員によって倒されたことで、門の渋滞が解消されたのか……！

スコルはすばしっこくて細身なモンスターだ。その体躯を活かして、隙間を縫うようにして城内へ侵入してきたのである。

私とフェリクス殿は、二人で同時に駆け出した。私たちに気づいたスコル二体が、こちらに向き直る。だが、残りのスコルは他の団員たちへ向かって駆け出していく。

「ぐっ……！」

最悪なことに、一体のスコルが向かった先では、団員たちがマッドベアーを相手取り戦っているところだった。

その中の一人――先程のオレンジ色の髪をした白翼騎士団の青年――の背中へスコルが向かっていく。だが、彼は目の前のマッドベアーと戦うのに必死で背後の脅威に気づいていない。

「――っ背後だ、逃げろ！」

スコルが後ろ脚で飛び上がり、その無防備な後頭部へ食らいつこうとした、まさにその時だった。

ぱあっと、まるで薔薇(ばら)の花びらが舞うように、空中に血飛沫(ちしぶき)が散った。

だが、それは私の部下の流した血ではなかった。

彼とスコルの間に割って入った人間がいたからだ。

まるで彼のために誂(あつら)えたような黒衣の騎士団服を纏う、黒髪黒目の青年――タクミが、その腕にスコルを食らいつかせて、身体を張って私の部下の命を救っていた。

◇

めっ――めっちゃくちゃ痛いーーー！

あまりに痛いと、人間って言葉が出ないものなんだね！

痛みのあまりパニックになりそうだったが、それはおれの持つ呪刀が抑えてくれた。

どうやって抑えてくれたかというと、おれの手に唸り声をあげて食らいつくスコルの首を一刀☆

両断したのだ。

首と身体を永遠に分断されたスコルは、重力に従ってずるりとおれの腕から地面に落ちる。

「お、おいっ！　だ、大丈夫か？」

「大丈夫だ、問題ない」

「いやいやいや⁉　どう見ても大丈夫ではないだろ⁉」

問題大ありなのに、つい条件反射でそう答えてしまった。

「——GAGUGAAGGA！」

「つくそ、こいつまだっ……ぁ、おいっ⁉」

そうしているうちに、先程までオレンジ髪の彼が相手取っていたマッドベアーが仁王立ちで立ち上がり、こちらに斬撃を食らわそうとしてきた。

おれは青年の襟首を引っ掴んで無理やり横に転がす。

ごめんね、これ以外にいい方法が思いつかなかったんだ！

そして、深く身体を沈み込ませると、地面を舐めるように低い体勢のまま、呪刀でマッドベアーの脚を切りつけた。

「GAGAAAA！」

痛々しい悲鳴をあげるマッドベアー。

だが、それでもこの呪刀は止まらない。呪刀はおれの身体を操り続けている。

脚を切りつけられたマッドベアーが動きを停止した隙を見計らい、胸元に潜り込む。そして、その切っ先を心臓めがけて突き込んだ。

「GAッ、GAGUGAAAA!?」

心臓に刀を突き込まれたマッドベアーが、よろよろと後ずさる。

ここで一つ、おれにとって——そして恐らくおれを操る呪刀にとっても——予想外のことが起きた。

マッドベアーの厚い毛皮と脂肪により、突き込んだ刀が胸元に沈んだまま、抜けなくなってしまったのだ。

しかも、マッドベアーが後ずさったことにより、おれはすっぽーんと刀から手を離してしまったのである。

あ、やべっ、と思った時には遅かった。

「ぐっ……!?」

がくり、と身体が膝から崩れ落ちる。

そう。この呪刀は手から離してしまうと、一気にデメリットである状態異常が使い手に襲いかかるトンデモ仕様なのである。

この感じだと、どうやら今回の状態異常は発情ではなく麻痺（まひ）のようだ。

「っ、しくじったな……!」

地面に膝をついて悪態をつくおれを見て、傍らのオレンジ髪の青年がおろおろしている。

麻痺（まひ）によって震える唇をなんとか開き、おれは青年に、マッドベアーに突き刺さったままの刀を取ってきてもらえないか頼む。

青年は一つ頷くと、倒れたマッドベアーの元へ走り寄った。

「――タクミ、大丈夫ですか⁉」

名前を呼ばれて顔を上げる。

そこにいたのは、フェリクスだった。彼はどこも怪我はしていないようで、おれはほっと安堵の息を吐いた。

「フェリクスか……よかった、怪我はないな」

「私のことよりも、今は貴方です！　早く手当をしませんと！」

「だが、今はまだモンスターが」

「城壁内に侵入したモンスターは討ち取りました。今は南門を改めて封鎖しているところです。さぁ、早く！」

フェリクスの言葉を受けて周囲を見ると、彼の言う通り、いつの間にか周りにいたモンスターはあらかたが討ち取られていた。

いまだ戦闘を続けているところもあるが、あの様子なら大丈夫だろう。

おれはフェリクスに肩を貸してもらい、なかば抱きかかえられるようにして歩きだした。

「……タクミ。貴方はまた、こんな無茶をして……」

何故か、怪我をしているおれよりも、無傷のフェリクスの方が泣きそうな顔だ。

……フェリクスは優しいなぁ。

でも、こんな傷はたいしたことではない。めちゃくちゃ痛むけれど、でも、怪我をしたのがおれでよかったと思っている。

……だって、このモンスターによる襲撃は、おれのせいかもしれないのだ。

おれが余計なことをしなければ。

無理にゲームシナリオを変えるようなことをしなければ。

そうすれば、この世界に『チェンジ・ザ・ワールド』の主人公がちゃんと召喚されていて、今回の出来事だって起きなかったかもしれないのだ。

だから、おれは割って入った。オレンジ髪の青年とスコルの間に。

自分が怪我をするだろうと分かっていたが、それでも庇わないわけにはいかなかった。

おれのせいで、誰かが傷つく姿を見たくなかったから。

……本当におれは自分でも嫌になるくらい臆病で、駄目な奴だよなぁ……

フェリクスに気づかれないように、顔を俯けて息を吐き出す。フェリクスは、南門から少し離れたところにある民家へとおれを連れて入った。

この家の住人は既に避難しているようで、平屋建ての小さな家の中はがらんとしており、人の気配はない。

家の中にあった椅子の上に、フェリクスはゆっくりとおれの身体を下ろす。椅子に腰を下ろした頃には、少しだけ麻痺状態はマシになっていた。

家の中に残っていた酒と布で、フェリクスに腕の傷を手当してもらう。スコルに噛みつかれた傷は、牙の形にざっくりと肉が裂けていたが、骨には達していないようだった。

消毒をしてもらった際にはかなり傷が痛み、思わず呻き声を上げてしまった。だが、おれの声を聞いたフェリクスの方が痛々しそうに顔を歪めたのを見て、慌てて声を抑えた。

「フェリクス、すまない。手間をかけさせたな」

「そのようなことを言わないでください。貴方が他人を助けるために身を挺したのを、私は知っておりますから」

「……違うんだ」

おれの言葉に、フェリクスが驚いたような顔をする。

「タクミ？」

「違うんだ、おれは……おれはそんな人間じゃないんだ。ただ、おれは……」

ガタリと音を立てて、家の扉から新たにもう一人入ってきた。

扉から姿を現したのはガゼルだった。身に着けている黒い甲冑と隊服は血と砂埃にまみれているものの、彼も大きな手傷は負っていないようだ。よかった。

「――おい。フェリクス、タクミ、いるか？」

部屋に入ってきたガゼルの手には、おれの呪刀が握られていた。

聞けば、白翼騎士団のオレンジ髪の青年から受け取ったのだという。

後で彼にお礼を言っておこうと思いつつ、おれは呪刀を受け取った。その瞬間、それまで身体全体を覆っていた気怠さや痺れが一気に解消される。

「ガゼル……すまない、おれが足を引っ張ったな」

「お前ほどの男が足を引っ張るっつーんなら、うちの団員は全員そうだぜ。それより、傷はどうなんだ？」

「神経は傷つけていないようですが、あまり動かさない方がいいでしょう。ガゼル団長、現在の戦況は？」

「悪くもねェが良くもねェな。今、立て直すためにオルトランが南門のバリケードに、リオンが西門に戻ってる。もしかするとモンスター共が今度はそっちに行くかもしれん。フェリクス、お前は第一班と二班を率いて西門に回ってもらえるか？」

「分かりました。それで、タクミは……？」

フェリクスの問いかけに、ガゼルが一つ頷いてからおれを見た。

「ああ。タクミ、お前は下がれ。街の治療院に傷病者が集まってるからそこで、きちんとした治療を……」

「ガゼル、おれはここに残る」

おれがガゼルの言葉を遮ると、ガゼルもフェリクスも驚いたようにおれを見た。

「……タクミ。お前さんが一人だけで逃げられないって言う気持ちは分かるぜ。だが、悪いが俺らは怪我人を庇って戦う余裕はねェ」

「庇ってもらわなくてもいい」

「タクミ……？」

「庇ってもらう必要はない。それでおれが死んでも、自業自得だ。だから、おれは……おれだけは、ここから逃げるわけにはいかないんだ……！」

「おい、タクミ！」

がしりと両肩を掴まれた。

はっと顔を上げると、ガゼルの顔が思った以上に近くにあった。ガゼルはひどく心配げな顔でおれを見つめている。

彼の金瞳に見つめられると、自分の卑劣さを見透かされている気がして、逃げるように目を逸らした。すると、眦（まなじり）にそっとガゼルの指先が触れた。

「タクミ……お前、泣いてるのか？」

「え？」

自分の目元に触れてみる。

そして、驚いた。確かにそこはいつの間にか濡れていた。

濡れた自分の指先をまじまじと見つめていると、ふと、そこを温かいものが包んだ。見れば、フェリクスが床に膝をついて、切なげな眼差しをおれに向けている。

「……タクミ、どうしたのです？　思えば、合同会議の時から貴方はいささか様子がおかしかった。それに、先程もなにかを言いかけていましたね」

「フェリクス……」

紫水晶の瞳を揺らし、おれの掌を柔らかな手つきで撫でるフェリクス。

こんな時でさえ、フェリクスの手は壊れ物を扱うように触れてくるものだから、その優しさにますます視界が滲んでしまう。

「なにがあったのか、話していただけませんか？　それと、私たちでは貴方の力になれないでしょうか？」

「そ、そんなことはない。二人が頼りにならないとか、そういうことじゃないんだ」

「でも、お前は泣いてるじゃねェか。それに、自分が死んでも自業自得とか言いやがって、なんなんだそりゃ。もしもそんなことになったら、俺は一生自分が許せねェぞ」

「……っ」

ど、どうしよう。

でも、そんなふうに言われても、絶対におれはここから逃げるわけにはいかないんだ。いくら傷が痛もうが、死ぬかもしれなかろうが、絶対に逃げちゃいけないんだ。

だって――

「だって……こんなことになったのは、おれのせいだ」

それは、言おうと思って形になった言葉ではなかった。

胸の内にぐるぐると溜まって淀んでいたものが、とうとう堰を切って溢れたように、つい口をついて出た言葉だった。

ガゼルは目を丸くして、フェリクスはきょとんとしておれを見つめる。

「こんなこと、ってなんだよ？　まさかこのメヌエヌ市のことか？」

「タクミはこの街のモンスターの襲撃が予測できなかったことを、気に病んでいるのですか？」

困惑しきった二人に、おれは力なく首を横に振る。

「違うんだ。おれは……元々おれのいたところには、この国の運命が描かれた物語があったんだ。こんな話、信じられないかもしれないけれど」

「運命？」

「その物語には、この国に起きる危機が描かれていた。封印状態の魔王が復活して、それに伴ってモンスターが増加すること。おれが前にトミ村でモンスターの襲撃が分かっていたのも、その物語を読んでいたからだ」

「な、なんと……そのようなことが？」

「……今、その物語の内容っていうのは分かるのか？　その物語にこのメヌエヌ市のことも記されてたってのか？」

ガゼルの質問に、おれは下唇を噛む。

「もう、分からないんだ」

「分からない……ですか？」

「おれはリッツハイムに住んでる人や、黒翼騎士団の皆が好きだ。だから、皆のことを助けたいと思って、その物語には記されてない行動を取ってしまった。トミ村の人々を助けたり、ポーションを作ったり、ワイバーンと戦ったり……」

「………」

「でも、その影響で本来、この国に来るべき人が来なくなってしまったんだ。本当だったらこのメヌエヌ市だって、こんなタイミングでモンスターに襲われるはずじゃなかったのに……おれが迂闊なことをして、召喚儀式が立ち消えになったせいだ」

言ってしまった。でも、ようやく言えた。

そんな相反する思いが胸の中で渦巻く。

部屋の中にはしばらく沈黙が落ちたが、最初に口を開いたのはガゼルだった。

「ふぅむ……」と彼が小さな息を漏らした瞬間、思わずびくりと身を竦めてしまった。

「そりゃ、どんな奴なんだ？」

「え？」

「タクミが言ってる『本来、この国に来るべき人』って奴だよ。ああ、召喚儀式で来るはずだっつーと、救世主召喚の儀式で来る奴なのか？」

「そ、そうだが……」

どんな奴、と聞かれても。

困惑していると、目の前に跪くフェリクスがおれの顔を覗き込む。

「その人物はタクミの知り合いなのでしょうか？　年齢や性別は知っているのですか？」

続けられたフェリクスの質問に、おれは答えに窮した。

……えーっと。『チェンジ・ザ・ワールド』の主人公だよな？

なんて言えばいいんだ？　男女選択制だから、男か女、どっちが来るかも分からないし……

「知り合いではない。男か女かは、おれも分からない……」

ガゼルがじっとおれの顔を見据える。

そして——ニカッと笑うと、手を伸ばしてぐしゃぐしゃとおれの頭を撫で回した。

「なら、もう考えるな！」

「……は？　……えっ、いや、えっ⁉」

「会ったこともねェような人間で、しかも男か女かも分かんねェんだろ？　救世主召喚の儀式で召喚されるなら、確かに力は強いかもしれねェけどな。だが、詳細不明の人間を当てにしてても仕方ねェだろうが」

「い、いや。でも、この国にその人はとても重要でな？　その人のおかげで、いろんな戦いにも勝てるようになるし、ポーションやエリクサーだって開発されてだな？」

「タクミ、ポーションなら貴方がすでに開発したではありませんか」

「それはそうなんだが！」

気がつくと、部屋の中にあった重苦しい空気は消え去っていた。

フェリクスはおかしそうにくすくすと笑っている。

「ふふ……でもタクミ。私もガゼル団長の言葉に同意です。その方が貴方にとってどれだけ強く、知識のある人に見えていたのかは分かりませんが……。私たちにとっては、国の危急の時にはいなかった、見も知らぬ人間です。そのような人が来ようが来まいが、私にとっては些末(さまつ)なことだ」

「だが……」

「それよりも、貴方がこの国に来てくれたことの方がずっと重要で、大事です。それはきっと、貴方が救ったトミ村の人々も同じですよ」

「ぁ……」

……そうか、忘れていた。

おれが行ったことで『主人公』はこの世界に召喚されなくなってしまった。でも、おれがこの世界に来たことで、トミ村の人を救うこともできたんだ。

それは、『主人公』にはできなかったこと。

「フェリクスの言う通りだぜ。俺らにとっては、お前さんがこの国に来てくれて、黒翼騎士団に入団してくれたことの方がずっと価値があるさ」

「ガゼル……」

「それともなにか？　そいつの方が、この俺やフェリクスよりもずっと頼りになるか？　ん？」

「そ、そんなことはない！　もちろんガゼルとフェリクスの方が、ずっと強いし頼りになるが、でも」

「なら、もういいじゃねェか」

ガゼルの指がおれの頬に触れた。

そして、同じくフェリクスの手がぎゅうっとおれの手を包み込む。

「会ったこともない奴なんざ、二度と頼りにするんじゃねェ。誰かに頼りたいなら、誰かに助けてほしいなら、まず真っ先に俺たちを思い浮かべろ」

「はい。騎士の剣にかけて誓いましょう。貴方が求めてくれさえすれば、私もガゼル団長も、なにを差し置いても貴方の力になります」

金色と紫水晶の色の瞳が、優しくおれを見つめる。おれはしばし、二人の瞳と笑顔に魅入ってしまい身動きが取れなかった。

……………っか……かっこいいーーー！

な、なにこれ？　うちの団長と副団長が世界で、いや、この銀河でも類を見ないほどの格好よさなんですけど……！

それに、二人の男前ぶりもだけれど——彼らの言葉に込められた思いやりと愛情の大きさが、ひどく胸を打った。

彼らの深く熱い想い。それが自分に向けられているということに、思わず頬が赤くなる。

だが、その時、にわかに家の外が騒がしくなりハッと我に返った。

「——ガゼル団長！」

「おう、どうした」

「再びモンスター共がこの南門に集結しているようです！」

家の中に飛び込んできた黒翼騎士団の団員が、顔色を蒼白にして叫ぶように告げた。

その団員にガゼルは一つ頷いてみせると、おれへ向き直って、頭をくしゃりと掌で掻き回す。

「フェリクス、俺は南門を死守する。お前は負傷した騎士団員と市民の避難準備を頼む」

「ガ、ガゼル団長!?　私も貴方と共に——」

「これは命令だ、フェリクス。……状況はかなり深刻だ。だが、モンスター共が南門に集結している今はむしろ好機でもある。今のうちに市民を反対の城門からできるだけ避難させろ。市民の護衛にはお前の班を回せ」

「っ……！」

命令と言われれば、団長であるガゼルにフェリクスは従うしかない。

苦渋を滲ませるフェリクスに、ガゼルはふっと笑って、その背中をぱしりと軽く叩いた。

――――あ。

この光景を、おれは見たことがあった。

それはゲームのスチルだ。黒翼騎士団壊滅イベントの際の、主人公と副団長フェリクスの二人が都市を脱出して増援要請に向かう際の、ガゼルとの永遠の離別のシーンだった。

「っ……！」

いや、ここで諦めたら駄目だ！

今、ガゼルとフェリクスは……おれに会えて嬉しいって、言ってくれたんだ。

ゲームの主人公じゃなくて、こんな臆病でなにもできないおれに、この世界に、この国に来てくれて嬉しいって言ってくれたんだ。そう言ってくれた二人の気持ちに応えたい。

だからまだなにか、できることがあるはずなんだ。

……でも本当、この状況ってかなり詰みなんだよなぁ！

うう、白翼騎士団と黄翼騎士団の人たちが来てくれて、戦況は原作の壊滅イベントよりもマシだけれど……でも正直、ジリ貧という感じも拭えないし……！

あっ、そういや白翼騎士団のリオンって、思ったよりもめちゃくちゃいい人だね？

合同会議の時、メヌエヌ市の増援に名乗りを上げてくれて、ビックリしちゃったよ。ゲームよりもなんか話しやすいし、フレンドリーだし……

しかし、リオンたちが参入しても戦況があまり変わらないとは……。ゲームのイベントでは主人公たちが白翼騎士団の増援をお願いしに近隣都市に向かったけど、これなら白翼騎士団が増援に来てもあまり意味がなかったのでは？

でもあの状況じゃ、主人公たちが頼れる騎士団や戦力なんか他にいなかっただろうしなぁ……

……頼れる戦力、か。

頼っても――いいんだろうか。

でも、この二人なら……おれが違う世界から来たって話を信じてくれたこの二人なら……

「――ガゼル、フェリクス」

ごくりと唾を呑み込む。震えそうになる足を叱咤する。

……おれの思いついた案……これから告げる内容は、『チェンジ・ザ・ワールド』で主人公たちが取った奇策の一つだ。

これをおれが二人に提案することは――きっと、ポーションを開発した以上のゲームシナリオ改変を、この世界にもたらしてしまう。

けれど、もうおれの心に迷いはなかった。

恐怖が完全に拭えたわけじゃないけれど……でも、ガゼルとフェリクスは言ってくれたのだ。

ここにいない『主人公』よりも、おれが今、ここにいることの方が価値があるのだと。そして、自分たちを頼っていいのだと。

だから、その言葉を信じようと思う。

これから告げる提案が、どんなに荒唐無稽で、まったく根拠が示せないことであっても――この二人なら、おれの言葉を信じて受け止めてくれるだろうと、信じている。

「なんだ、タクミ？」

「思いついたこと……いや、思い出したことと言うべきかな。先程の『物語』に出てきた戦術の奇策で、実は、人間にとって非常に良薬であり、時には生命力をも増大させるが、モンスターにとっては逆に劇薬となる薬があるんだ」

「生命力を増大……？　タクミ、もしかしてそれは先日の父上のことと関係があるのですか？」

あっ、やべ。フェリクスのお父さんのことすっかり忘れてた。

「そ、そうだ。あー……なんだか、騙し討ちのような格好になってすまない、フェリクス。実は先日のフェリクスのお父上に差し入れした菓子の中に、その薬を入れさせてもらった」

「いえ、むしろそれなら私がお礼を申し上げねばなりません！　タクミ、貴方という人は本当に……！　っと、すみません、この話はまた後程ですね」

「で、なんだ。その薬は今、ここにあるのか？」

「おれの乗ってきた馬の荷物の中にある」

「名前はあるのか？」

「ああ……エリクサーというんだが」

そう、エリクサーだ。

この霊薬は、人間の体力や魔力、生命力を治癒して増加させるだけではない。モンスターに与えれば反対に劇薬となり、中毒状態を引き起こすことができるのだ。

剣や弓矢に塗って相手を傷つけるだけでいい。ほんの一太刀傷つけただけで、毒の効果は長時間継続するし、中毒状態の間、モンスターの動きもかなり鈍るという素晴らしい代物なのだ。

『チェンジ・ザ・ワールド』では、主人公はこの副次的効果を偶然発見した。

エリクサーの開発に成功した後、戦いの最中にたまたまエリクサーがふりかかったモンスターが悶え苦しんでから死んだことで、この効果が分かったのだ。

この効果を用い、そして仲間と協力し合って、主人公はその後の魔王が率いるモンスターの群れとの戦いに勝利を収めることになるのである。

おれはメガネっ子店員さんに作ってもらったエリクサーを全て持ってきていた。

「おれの持ってきたエリクサーは十二本しかないが、少量でもモンスターには多大な効果がある。そして、この都市のアルケミストたちにエリクサーを追加で錬成してもらう」

「追加？」

フェリクスの驚いた声に、おれはこくりと頷く。

「そうだ。このメヌエヌ市は、ポーションの大量生産を軌道に乗せるための準備を整えていたのだろう。エリクサーはポーションよりも材料が高価だが、このメヌエヌ市なら材料も揃うはずだ」

「……なるほど」

「今残っているモンスターの数なら、十二本で十分だと思うが、多いに越したことはない。傷病者の治療にも使えるからな」

というか本来は治癒の方が正しい使用方法なんだけどね！

「……タクミ」

「なんだ？」

ガゼルが真剣な顔でじっとおれを見つめてきたので、どっきーんと心臓が跳ねる。

な、なんだ？　やっぱりトンデモ話すぎたかな!?

だが、ハラハラするおれとは裏腹に、ガゼルは嬉しそうに唇をほころばせた。

「ようやくお前、そういう話を俺らにちゃんと言ってくれたな」

「それに、ようやく私たちを頼ってくれましたね。嬉しいです、タクミ」

そう言われて、優しい笑顔のガゼルとフェリクスに、代わる代わる頭を撫でられる。

温かい言葉と、温かい笑顔。思わず涙が滲(にじ)みそうになったのを慌ててこらえた。

「じゃあガゼル、フェリクス。これならおれも戦いに戻……」

「それは駄目だ」

「それはいけません」

……戦場に戻るのは、二人に却下されてしまった。

しかも、自分の提案したエリクサーの錬成を引き合いに出され、

「タクミは後方でアルケミストにエリクサーの錬成のための指示を頼む」

「勝利の要を握る大切な任務です、頼みましたよ」

と念を押されてしまった。

そうまで言われてしまえば、おれももはや否とは言えなかった。

で、でも！　アルケミストさんたちに錬成方法を覚えてもらえれば、おれもまた南門に戻ってこられるだろう。

前線に戻るのは難しいだろうし、おれなんかが戻ってもしょうがないかもしれないけれど……でも、二人だけを置いておれだけ後方に控えているのは嫌だ。

それがなににもならないとしても――少しでも、二人のそばにいたいんだ。

SIDE　黒翼騎士団団長ガゼル

「っ……！　これは、すごい……！」

「なんて効果だ！　あのスコルでさえあんなに動きが鈍くなるとは……！」

「――いいか、テメェら！　モンスターを倒そうとは考えるな、一撃離脱を心掛けろよ！」

俺の言葉に周囲の団員が声をあげる。

団員たちの顔に、先程までの焦燥と不安はない。そこにあったのは、確かな希望だった。この戦いに勝てるかもしれない、という希望だ。

うちの団員だけではなく、それは黄翼騎士団や白翼騎士団の団員たちもそうだった。

皆、この新たに生み出された戦法に、最初は動揺を見せていたが、その絶大な効果を目の当たりにして今では気持ちを昂（たかぶ）らせている。

俺たちがとったのは、エリクサーという霊薬を使用した、一撃離脱の戦法だ。

剣や槍、弓矢にこの霊薬を水で薄めたものを塗りつけ、モンスターに傷を負わせたところで距離を取る。

エリクサーは人間に与えれば名薬となるが、モンスターに与えれば劇薬になるのだという。

初めは皆、そのことに半信半疑だったものの、いざ始まったモンスターとの戦いで、エリクサーは目覚ましい効果を挙げた。

先程まであれ程こちらを手こずらせていたアオジカやスコル、マッドベアーが、この霊薬をつけた武器で攻撃すると見る見るうちに動きが鈍り、しまいには地面に倒れ込み、げぇげぇと地面に向かってえずき始めたのだ。

無論、全てのモンスターがそこまで酷い状態になるわけではない。

軽い擦（かす）り傷しか受けていないモンスターであれば、移動や攻撃を避けるスピードが落ちる程度であった。

しかし、それでも素晴らしいものだったのは言うまでもない。

「……まさかこんな隠し玉があったとはなァ」

部下の背中に飛びかかろうとしていたスコルの顔面を剣で一閃しながら、ぽつりと、ここにはいない青年の名を呟く。

そして同時に、彼の頬を伝った透明な雫を思い出した。

『だって……こんなことになったのは、おれのせいだ』

……ここ最近のあいつの様子がおかしいのは気づいていたが、まさかあそこまで思い詰めていると思わなかった。

自分の身を投げ出すような真似をするほど、追い詰められているとは。

タクミは初め、自分が泣いていることに気づいてすらいなかった。俺の言葉でようやく、自分が涙を流したことに気がついたようだった。

……自分の涙を不思議そうに見つめるタクミの姿を思い出す度に、その痛ましさと、自分の不甲斐なさに、ぎり、と歯を食いしばる。

『違うんだ。おれは……元々おれのいたところには、この国の運命が描かれた物語があったんだ。こんな話、信じられないかもしれないけれど』

『おれはリッツハイムに住んでる人や、黒翼騎士団の皆が好きだ。だから、皆のことを助けたいと思って、その物語には記されてない行動を取ってしまった。トミ村の人々を助けたり、ポーションを作ったり、ワイバーンと戦ったり……』

今まで、どれほどの重荷をたった一人で背負っていたのだろう。

こんな状況が来なければ、きっと誰にも言わないつもりだったに違いない。

——けれど、ようやくだ。

『思いついたこと……いや、思い出したことと言うべきかな。先程の「物語」に出てきた戦術の奇策で、実は、人間にとって非常に良薬であり、時には生命力をも増大させるが、モンスターにとっては逆に劇薬となる薬があるんだ』

あいつの抱えていたものに、今まで気づいてやれなかった自分の至らなさは後悔してもしきれない。

だが、それでもようやく自分の過去について詳らかに話してくれたのだ。やっと、あいつが心を開いて、俺たちを頼りにしてくれた。

そのことが、なによりも嬉しかった。

「っ……たく！　これじゃあ絶対にこの戦い、生きて帰らねェとな！」

こちらに突進してきたマッドベアーを紙一重で躱し、その背中に剣で切りつける。すると、マッドベアーの呼吸が目に見えて乱れ始めてきた。

その隙にマッドベアーから距離を取り、懐紙に含ませたエリクサーを剣に塗りつける。そして、再びこちらに突進してきたマッドベアーに斬撃を食らわせた。

「——GA、GUAGUGU！」

苦しげな呻き声をあげ始めるマッドベアー。

見る見るうちに逆立っていた毛並みはしゅんと萎れ、戦意に赤々と輝いていた瞳の光が陰っていく。

俺は近くにいた数名の団員に、マッドベアーを囲わせてとどめを刺すように手ぶりで指示を出した。そして、南門から侵入し始めた新手のモンスターへ向かおうとし――目にした光景に、思わず足が止まった。

そこにあったのは、あり得ない光景だった。

俺のいる場所から少し離れた、南門の検閲所の前。そこにいつの間にか、ひっそりと、黒衣の男が立っていたのだ。

顔も身体も、真っ黒なローブで覆われていて見ることはできない。だが、ローブ越しに分かる身体つきと高い身長で、男なのだと判断はついた。

その男は、異様だった。

モンスターと騎士団員が戦う、この混沌とした戦場の最中で、その男の周囲だけは静まり返っていたのだ。だが、男の周りにモンスターがいないというわけではない。

むしろ、逆だった。男は両側に、それぞれアカジカとタクミが呼んだ上位種のモンスターを侍らせていたのだ。

その姿は、モンスターが自分に従うことは当然といわんばかりに堂々としていた。

その光景だけでも異様であるのに、周りにいる騎士団員たちが男の存在に気づいていないのもまた不気味であった。

そして、さらに驚くべき光景が目に入り、俺は息を呑んだ。

——何故か後方待機を命じたはずのタクミが、黒衣の男の正面に立ち塞がっていたのである。

◇

いやー、気が楽だなぁ！

ガゼルとフェリクスがおれの言ったこと、信じてくれて本当によかったよ！

っていうか、やっぱり二人に隠し事をしなくていいっていうのはいいよね！

まぁ、全部の秘密を明かせたわけじゃないんだけどさ……

やっぱり、この呪刀の件とかはまだ話すことはできないし。でもきっと、そのことも含めて全部を二人に打ち明けられる日だって来るよね、うん！

そんなことを考えつつ、後方待機を命じられたおれは、メヌエヌ市のアルケミストさんたちにエリクサーの錬成方法を教えていた。

最初は半信半疑といった様子のアルケミストさんたちだったが、試しで作ってもらったエリクサーをおれの腕の傷にふりかけ、その傷がたちどころに治っていくのを見せると、目を丸くして驚いていた。

「こ、これは……！　なんという驚異的な効果だ」

「ポーションはかつてない霊薬だと思っていたが、このエリクサーとは最早、霊薬ではなく神薬の類(たぐい)ではないか⁉」

「しかも治療だけではなく、モンスターに対して状態異常を引き起こせるとは……」

なお、この国にもモンスターに状態異常を引き起こさせる麻痺(まひ)薬や毒薬はあるようなのだが、そこまで効果は高くないし、状態異常が発生するのにも時間がかかる。

なので、瞬時に効果を発揮するエリクサーを見て、アルケミストさんたちは目を輝かせていた。

そして、今は一心不乱ともいえる勢いで錬成に没頭してくれている。

懸念していたエリクサーの素材についても、特に問題がなかったのはなによりだ。

元々このメヌエヌ市は、ポーションを大量生産させるために必要な素材が豊富だった。加えて、ポーションの効能をアップさせるための研究施設も備わっており、エリクサー錬成に必要な材料はそこから入手することができた。

……とは言っても、エリクサーの素材だから安くはないんだけどね！

エリクサーって、この世界におけるランクSSの至上の万能薬だから、素材の入手難易度も、値段も死ぬほど高いんだよ……！

アルケミストさんたちが最初に半信半疑だったのも、そこら辺が理由の一端だろう。

気持ちは分からないでもない。

おれも『チェンジ・ザ・ワールド』をプレイしてた時は、エリクサーを使うのが惜しくなっちゃって、結局ラスボス戦が終わった後も、手元に何本も残ってるってことがざらにあったからね……

「一体、貴方はどこでこの神薬の錬成方法を知ったのですか……？」

と、アルケミストさんたちにエリクサーの錬成方法を教えたりフォローをしているところで、一人の若い男性がおずおずとおれに質問を投げかけてきた。

その質問に、内心さーっと血の気が引く。

……やっべー。そこらへんの設定とか、彼らにどう説明するかまったく考えてなかったぜ！

な、なんて言おう。えっと、えーっと。

「この薬の錬成方法は、おれも人から教わっただけだ。だから、詳細はあまり答えられないのだが……」

「そうなのですか？　それは一体どなたから？」

そこに突っ込んできます⁉

えっとえっと、だ、誰から教わったか……？　俺が頼りにできる人間というと、

「……おれは黒翼騎士団の団員だ。元々、ポーションを発見したのは、黒翼騎士団のガゼル団長とフェリクス副団長なのだが、それで分かってもらえるだろうか？」

「な、なるほど！　そうでしたか、ポーションだけではなく、あのお二方はこのような神薬まで……！　それなら納得でございます」

「ほ、本来はこの薬は試験段階でまだ実地に移すものではなかったんだ。素材も安くはないからな……。だが、今回は状況が状況だ。だから、まだこの薬のことは内密にしてほしい。分かってくれるな？」

「もちろんでございます！」

よ、よかった！　納得してくれたようだ。

……べっ、別に嘘は言ってないよね⁉

おれの上司がガゼルたちだってことは周知の事実だし、ね？　ねっ？　う、嘘ではないよね？

……あとで二人には土下座で謝っておこう。

「ごめん、なんか話の流れでエリクサーを発見したのもガゼルとフェリクスってことになっちゃった……」って言って分かってくれるかな？

二人にどう説明しようかと考えつつ、おれはひとまずこの場を離れることにした。

これ以上この部屋にいると、再び質問をされた時にボロが出てしまいそうなのと、さっそく錬してもらった追加のエリクサーを城門で戦っている騎士団の皆に届けるためだ。

おれは追加のエリクサーやポーションを布袋に詰めて、研究所を出ると、馬に乗って南門へ向かう。

……正直に言えば、このままガゼルとフェリクスのところへ向かって、おれも一緒に戦いたい気持ちでいっぱいだった。

だが、ガゼルとフェリクスからあそこまで強く念押しされては仕方がなかった。

もどかしい気持ちでいっぱいだが、おれはおれのできることをやるしかない。

南門に辿り着いた時、戦況は先程よりもかなりよくなっていた。

目に見えて、皆の表情が違うのだ。先刻までの悲壮な表情ではなく、その瞳には希望の光が満ちていた。

「おお！　タクミ君か！」

「追加のエリクサーとポーションを持ってきた」

「助かるぜ、タクミちゃん！　いやぁ、このエリクサーってヤツはすげェな！　俺らの怪我をたちどころに治すだけじゃなく、モンスター共の動きがかなり鈍くなるぜ！」

追加のエリクサーとポーションを受け取った黒翼騎士団の皆も、細かい傷だらけではあったものの、おれに笑顔を返してくれるほどだった。

その笑顔に、おれも勇気づけられる。

おれは彼らにエリクサーとポーションを渡すと、次に白翼騎士団が戦っている場所へ向かおうとした。だが、そこに行く前に、視界の端にあるものを捉えた。

そこにいたのは、フードを被って顔から身体をすっぽりと覆い隠した黒衣の人だった。

その傍らには、アカジカ二頭がいる。だというのに、何故かその人の周りには騎士団員はいない。

「っ……！」

なんと！　もしかして、逃げ遅れた市民だろうか⁉

あわわわ、ど、どうしよう⁉

でもでも、今周りで戦っている騎士団の皆はモンスターとの戦闘でいっぱいいっぱいみたいだし、あの人を助けに行ける団員はいないみたいだ……！

仕方がない、おれが行くしかないか！

幸い、呪刀も帯刀しているからなんとかなるだろう！

「――おい！」

フードの人に声をかけると、ふっと、その人が顔を上げてこちらを見た。

そのおかげで、影になっていた顔が見えるようになる。

切り出したばかりの大理石のように白い肌に、鮮血のように真っ赤な瞳。すっと通った鼻梁に尖った顎は、まるで芸術品を思わせるほど美しく整っている。

ん……？　あれっ、なんかこの男性の顔、見覚えがあるな？

だが、そう思った時には、先程のかけ声と同時に男性へ向かって投げたエリクサーの小瓶が、きれいな放物線を描いているところだった。

フードの男性はすっと手を伸ばし、おれの放り投げたエリクサーの小瓶を掴む。

おおっ、ナイスキャッチ！

「――エリクサー、か。またこれを、この国で見ることになるとはな……」

んん？

エリクサーをまじまじと見つめる男性が、ぽつりと呟いた言葉。それに、おれは小首を傾げた。

エリクサーを知ってるのか？

でも、この薬がリッツハイムで流通してたのは、戦争で製造方法が消失する前……それこそ魔王が封印される前の時代とかの話じゃ……

…………あ、あれ？

「貴様は王都の民だな？」

「そうだ」

内心で冷や汗ダッラダラの状態で、なんとかこくりと頷くおれ。

そんなおれを、黒衣のフード男が赤い瞳でじっと見つめてくる。

その顔は、まさに『チェンジ・ザ・ワールド』で登場したラスボス——魔王様のキャラクターグラフィックそのままであった。

……フードを被った怪しい男って時点で気づけよ、自分ーー！

「………………リッツハイムの王都、ポーション、エリクサー……そうか。とうとう、来たのだな。異世界人が再びリッツハイムに召喚されたのか……」

魔王はぶつぶつと小さな声でなにかを呟きながら、再び視線をエリクサーの小瓶に移す。その両脇ではアカジカが付き従うように大人しく頭を垂れている。

「……っ」

な、なんでこのタイミングで魔王がこんなところにいるんだ……！

どっ、どうしよう⁉　もしも魔王が戦う気になったら、おれなんかじゃ三秒もたずに瞬殺される自信があるぞ⁉

それだけじゃない。魔王が相手なら、もしかすると、ガゼルとフェリクスだって……！

「……魔王が何故、ここに」

「おや、私を知っているのか？」

もう、考えてもしょうがない！　こうなればままよ！

おれの持っている限りの『チェンジ・ザ・ワールド』での知識を総動員して、なんとか魔王様に円満にお帰りいただかなくては！

「ああ。貴方とは初対面だが、知っている。魔王――いや、正式に言うなら、元リッツハイム魔導王、というべきなのかな」

「……ほう？」

おれの言葉に、正面に立つ魔王が唇を弧の形に描く。歪な表情だが、笑ったようだった。

それから満足したように頷くと、そっと小さな声で何事かを呟いた。そして、くるりと背を向けて、南門からメヌエヌ市の外へ歩き始める。

彼が門の外に出ると、城内に入り込んでいたモンスターたちもふっと顔を上げた。その目に爛々と浮かんでいた闘志はすっかり消え失せ、虚ろな表情を浮かべている。

そして、まるで魔王の後を追いかけるかのように、モンスターは街の外へ向かい始めた。

「っ、なんだ？　いきなりモンスターが……？」

「おい！　城門の外にいたモンスター共も引き上げていくぞ！」

騎士団の皆も呆然として、去っていくモンスターの姿を見つめる。

おれからは見えないが、どうやら城門の外にいたモンスターも、魔王の後を追って引き上げていくようだ。

よ……よかったぁ！　帰ってくれたんだね、魔王様ありがとう！

正直、さっきの会話でなんで帰ってくれたのかサッパリだけどな！

……帰りがけに魔王様が小さな声で「ここは騒がしい。いずれまた会おう」って言ってきたような気がするけど、とりあえず今は考えないようにしておくね。

そ、空耳だったと信じてる！

モンスターが一気に引き上げていくと、にわかに辺りは騒がしくなってきた。

モンスターが急に去っていったことに疑念はあるようだが、それでも皆、顔を輝かせている。

「――勝った、勝ったんだ！　俺たちの勝利だ！」

それを最初に声高に叫んだのは一人の騎士団団員だったが、次第に周囲の団員が皆、口々に同じことを言い始めた。

そして、その勝鬨の波は騎士団員から自警団の人にも伝播していき、やがて最後にはメヌエヌ市の市民たち全員が高らかに勝利の喜びを、生き残った喜びを謳ったのである。

――そう、この日、メヌエヌ市はモンスター百五十体以上からなる襲撃を凌ぎきり、都市壊滅という最悪の事態を防ぐことができた。

そしておれにとっては、黒翼騎士団の壊滅イベント回避に、とうとう成功した日となったのである。

◆

――メヌエヌ市とワズロー市を襲ったモンスターの大群による襲撃。

とりわけメヌエヌ市の被害は甚大なものになることが予想されたが、黒翼・白翼・黄翼騎士団の三騎士団による防衛線で見事にモンスターを退け、街は一気に歓喜に沸いた。

モンスター大群を撃破したという功績もさることながら、黒翼騎士団が用いたエリクサーの効果は凄まじいものであった。

人間の怪我、病気を治癒するだけではなく、モンスターに用いれば状態異常を引き起こすエリクサー。

元々この国にも、モンスターを麻痺や中毒状態にする薬は存在したものの、それらは低ランクのモンスターに効くものでしかなかった。そのため、高ランクモンスターに対して絶大な効果を引き起こすこの薬はまさに〝神薬〟と呼ぶにふさわしいものだった。

また、黒翼騎士団の団長・副団長であるガゼル・リスティーニとフェリクス・フォンツ・アルフアレッタの両名は、メヌエヌ市を救った功績と、ポーションとエリクサーという二種類の画期的な霊薬の発見により、一躍、人々から『黒の双璧』と呼ばれることになった。

いいなぁ、二つ名とか！　中二病っぽくてカッコいいね！

まぁ、なにはともあれ、結果が上々に終わったことは万歳だぜ！

さらに嬉しかったのは、今回、メヌエヌ市とワズロー市がモンスターの大群に襲われたことを受けて、二つの都市に常駐騎士団が特別に置かれることになったことだ。

元々街には自警団が置かれていたが、それとは別に、この街に防衛のための王立騎士団が特別に置かれることになったのである。

また、二つの都市の騎士団と冒険者合同で、辺りにいるモンスターの一掃作戦が行われることになった。このモンスター一掃作戦はこれからも定期的に行われるとのことだ。

つまり、それは……おれにとっては黒翼騎士団の壊滅イベントを見事に乗り切ったこと、そして、ゲームシナリオの運命を変えることに成功したということを意味する。

……いやぁ、もうなんていうか……感慨深いなぁ！

この世界に来て、おれが決意した——黒翼騎士団の皆を死なせないために、壊滅イベントを回避するということ。

結果的にはイベント自体の回避は無理だった。

でも、それでも！　ついに壊滅イベントを乗り越えることができたのだ！

しかも騎士団の皆も怪我はしたものの、死者を出さずに帰ってこれた。騎士団だけではなく、メヌエヌ市の市民にも被害を出さずに済んだのだ。

ただ、メヌエヌ市の城門や、モンスターが入り込んで戦闘を行った区画の修繕は、しばらく時間がかかるという。特に戦闘の激しかった南門付近は損傷も激しい。

しかし、メヌエヌ市の皆さんは、

「生きてりゃこれぐらいどうってことないさ！」

「騎士団の皆さんがいなければ、城門どころか自分の家族がどうなっていたか分からなかった」

「城門なんて市民総出で補修すればあっという間よ！」

と言ってくださった。その逞しさに救われるし、ありがたい限りだ。

いやー、もうね。メヌエヌ市に着いた時のおれってば、もう自分の失敗にめちゃくちゃ落ち込みまくっててさ、ずーっと鬱状態だったけど……でも、蓋を開けてみれば大成功じゃないですか！

……うん、大成功だったはずなんですよ。

なのに、何故にこんなことになってるんですかね⁉

「っ、あ、ガゼル、そこっ……！　ひ、あァッ⁉」

「ここが弱いんだろ、タクミは。もう何度も弄ってるから覚えちまったぜ」

「タクミのここは確かに気持ちよさそうに涙を流してますね……ふふ、大変可愛らしい」

「ア、んぅッ、ガゼル、フェリクス……！　そこ、だめだって……ぅあッ！」

王都の黒翼騎士団のガゼルの私室、そのベッドの上に、おれはいた。

フェリクスがおれを背後から抱きしめて膝の上に乗せる体勢だ。正面に座るガゼルの金色の瞳は、獅子が手中の獲物をいたぶるかのような光を宿して、楽しげにおれの顔を覗き込む。

しかも、それだけではない。

「ぁ、くっ、ぅあッ……んんっ！」

おれの後孔には、フェリクスの脈打つ熱い陰茎が隙間なくみっちりと埋まっている。

しかも、彼の上で膝を開いて座らされているので、正面のガゼルになにもかもが見えてしまっている体勢だった。

そればかりか、背後からおれを抱きかかえるフェリクスは、その指先をおれの乳首に這わせ、かと思えばガゼルがおれの陰茎を指でつつーっとなぞるように触ってくるのだ。

「ぁ、ガゼルッ……た、頼むから、もうっ……！」

「まだ駄目だ。言っただろう、これはお仕置きだぞ」

「あっ、だ、だからあれはっ……んンァっ！」

「俺はお前に後方待機をしてろって散々言っといただろうが。なのに、あんな怪しい男の前に堂々と出ていきやがって……俺がどれだけ肝を冷やしたと思ってんだ？　ん？」

いや、あの、おれはなにも好き好んで魔王の前に立ち塞がったわけじゃなくてですね!?　だってさ、てっきり逃げ遅れた市民か、もしくは同じ黒翼騎士団の仲間かと思ったんですよ！　おれたちと同じ黒い服だったじゃん!?

そう弁明しようと思ったものの、ガゼルがおれの陰茎の先端をくちゅくちゅと指で弄ってくるので、言葉はとうとう形にならなかった。

唇から漏れる「んあッ……！」という甘い声が自分のものだとは信じられなくなってくる。

それに加えてフェリクスが後ろでゆるゆると腰を動かし始め、目の前が明滅する。グチュリ、グチュッというといやらしい水音とともに、腰の奥に痺れるような快楽が奔り、思わず背後のフェリクスの腕をぎゅうっと掴んでしまう。

「フェリクスっ……！　ま、まだ動かないでほしっ……ひぅッ！」

「駄目ですよ、タクミ。私も怒っているのですから」

「だ、だからその、城下町の件は……あの、なんだ。別に秘密にしておこうと思ったわけじゃなくてだな……んあァっ!?」

「リオン団長から城下町で貴方がスリを捕まえたという話を聞いた時、思わず眩暈を覚えました。……まさか、あの時はぐれていた貴方がお一人でそのような大捕物をやっているとは、夢にも思っていませんでしたよ、ええ」

リ、リオンさーん!? なんでフェリクスに話しちゃったのかなぁ!?

いや、まぁこれにいたっては、フェリクスにちゃんと言っておかなかったおれが悪いんだから、完全に自業自得なんだけどね!

で、でも正直、これはさすがにおれも限界というか……!

「ひァっ、あっ! っ、それっ、だめだってっ……んあッ!」

フェリクスがおれの胸に手を這わせて、膨らみなどないそこを寄せ集め、丹念に揉みしだいてくる。それに合わせ爪先で淡く色づく乳首を引っかきながら、首筋に吸い付くようにキスをしてきた。

思わず嬌声を漏らすおれにガゼルが顔を寄せて、ぺろりと舌先で唇を舐めてくる。そして、指でさわさわと優しく陰茎を撫で、揉み込んだ。

異なる刺激を同時に与えられ、意図せず身体がビクビクと痙攣し、腰が跳ね上がる。

「タクミ……もっと、貴方の可愛い声を聞かせてください」

「ひゃっ、んっ、んぅッ……!」

——とっくにおれは限界を迎えているというのに、精を吐き出すことはできなかった。

おれの陰茎の根元に、ガゼルが黒いリボンを巻き付けてしまったからだ。可愛らしくリボン結びにされたそこは、限界まで勃ち上がった性器と相まって、ひどく滑稽でいやらしい。

精液を堰き止められた陰茎がびくんっと跳ね、透明な汁を飛ばす。溢れ出たそれを、ガゼルが指先で掬い取って自分の口元へ持っていき、ぺろりと舐めた。

「ふっ……今のお前、すげぇやらしい顔してるぜ。ん？　鏡で見せてやろうか？」

「や、いやだっ……っ、ガゼル、おれもうっ……あっ、ァあぁッ！」

「ったく、前にも俺は、お前に言ったよなァ？　一人で戦いに行くな、自分の身を犠牲にするような戦い方はするな、ってよ」

出したいのに吐き出せない――あまりにも焦れったい快感に頭の中が焼き切れそうだ。

後孔にフェリクスの陰茎を咥え込んだまま、自然に腰が揺れ、さらに自分を追い詰める羽目になる。

さらに質量を増し、張り詰めた陰茎にぎっちりとリボンが食い込み、快楽と痛みで涙が溢れる。すると、ガゼルがちゅっと眦に音を立ててキスをした。

「あっ、ガゼルっ……おれ、おかしくなるからっ……！」

「安心しろ、もしもそうなったら俺とフェリクスで面倒みてやるよ」

「そ、そんなっ……ひゃうっ！」

「ああ……そうなれば、もうタクミも一人で危ない真似はできなくなりますね」

フェリクスがゆっくりと抽送を始め、それに合わせて再び指先で乳首を捏ねる。

触れるか触れないかというところで、乳首の先端をゆっくりと撫で回す。かと思えば、爪の先でカリカリと引っかいたり、指の腹でつまんでくにくにと揉み込まれる。

もどかしさに身体がしなり、胸をフェリクスの指に押しつけるようにしてしまう。すると彼は後ろで小さく笑い、ぐりっと先端を強く押し込んだ。

甘い愉悦が背筋を奔り抜け、あられもなく嬌声をあげ続ける。

「ぁ、やぁっ、ああァっ……！」

「イきたいか、タクミ？」

「っ……！」

ガゼルが口角を上げて、意地悪な笑顔でおれの顔を覗き込んでくる。

――イきたい。

だが、それをハッキリと言葉にするのはあまりにも恥ずかしい。

すると、フェリクスが後孔に埋めた陰茎の抜き差しを早め、熱く脈打つ先端でおれの中の敏感な部分を突き上げてくる。

「アッ、フェリクスっ、それ今はだめだって……あぅッ！」

「ほら、タクミ。言ってください……貴方の中は私のモノにきゅうきゅうと絡みついて、気持ちよくなりたいって言っていますよ？」

熱の籠もった吐息が耳朶にかかり、甘く、低い声が響く。それにすら感じてしまい、無意識に中を犯すフェリクス自身を締め上げる。

「ほら、タクミ。お前が……もう二度と、一人ぼっちで思い悩んで、挙げ句に自分をないがしろにするような真似はしねェって、そう約束できるなら外してやるよ」

「っ、おれは……」

ガゼルが手を伸ばし、おれの頬を優しく撫でた。

まるで壊れ物を扱うような優しい指先と、慈しむような表情に、顔が一気に熱くなる。

そして、フェリクスが顔を寄せておれの耳元でやわらかく囁く。

優しげな声音とは反対に、耳にかかる熱い吐息からは、煮えたぎる熱情を押し殺しているのが分かり、肌がぞくりと粟立った。

「タクミ……私はあの時、貴方が自分の過去を初めて打ち明けてくれて、本当に嬉しかった。これからはもっと……私たちのことを頼って、すがってほしいと思います」

「つぁ……」

「好きだぜ、タクミ。……約束してくれねェのか?」

「愛してます、タクミ。どうかもう一人で重荷を抱え込まないでください」

与えられる烈しい快楽と裏腹に、二人の声はどこまでも優しかった。

おれはこくこくと首を縦に振る。

「っ……約束する、からっ……! んぁっ、だからもうっ……ひゃうっ!?」

ゴリッと音がする程の強さで、フェリクスの陰茎がおれの中のしこりを突き上げた。

瞬間、目の前に星が散ったような錯覚を覚える。

「あっ、ァっ、なんでっ……い、言ったらやめるって……ッ!」

「約束できたら外すとは言ったが、やめるとは言ってねェだろ?」

「それにっ……正直、私ももう、貴方の可愛い姿に我慢ができそうにありませんのでっ……！」

約束通り、ガゼルの指がおれの陰茎を縛っていたリボンをしゅるりと解いた。

瞬間、陰茎の鈴口から透明な蜜が一気にどぷりと溢れる。

フェリクスがおれの足を抱え上げ、ガツガツと腰を打ちつけ始めてからは、より一層そこから溢れる先走りの量が増した。

「ッ、あァッ……んあああぁッーーーー！」

「くっ……！」

ガツンッと一気に最奥を穿つように陰茎を叩きつけられ——おれの陰茎は、白濁液をびゅるるっと吐き出した。

今まで無理矢理に押さえつけられていたためか、ようやく吐き出せた白濁は、自分でも信じられないくらい濃く多い。

あまりにも激しい快楽に、目の前が一瞬真っ白になり、身体がガクガクと痙攣した。そして、後孔に埋められたフェリクスの熱く脈打つ陰茎をきゅうううっと締め付けてしまう。

「っ、タクミっ……！」

それと同時に、フェリクスもまたおれの中へ熱い精液を吐き出した。中に熱い液体が広がる感覚に、思わず身体がぶるりと震えてしまう。

自分の身体の一番奥に、他人の精液を吐き出される感覚はいつまで経っても慣れない。

フェリクスがゆっくりと陰茎をおれの中から引き抜くのを感じながら、違和感と恥ずかしさに身じろぎする。

「タクミ……すごく、可愛かったですよ」

「っ、フェリクス……」

「愛しています、タクミ……誰よりも、なによりも貴方を愛しています。私をこんな気持ちにさせるのは、貴方をおいて他にはいないでしょう……」

そう言って、フェリクスはおれの身体を抱き寄せて、自分の方を向かせた。そして、紫水晶の色をした瞳を細めると、優しい顔でおれの唇に口づけた。

優しいキスは、射精の快楽でぼうっとなっていた意識をますます蕩けさせていく。

「っ……ん、ふっ……んんぅっ⁉」

突如、フェリクスとの甘いキスに浸っていた意識が引き戻される。というのも、おれの腰から尻をするりと這う掌があったからだ。

「っ、ぷはっ……ガ、ガゼルっ。な、なにしてるんだ……!」

フェリクスから顔を離し、慌てて背後を振り返る。

おれと視線が合ったガゼルは、金色の瞳を悪戯っぽくきらめかせて、にやりと笑みを浮かべた。

「だって、なァ？　あんなに可愛いお前の姿を見せられちまったら、俺だっておさまりがつかねェよ、タクミ」

「っ、ひぁっ……！」

ガゼルのごつごつして骨ばった指先が、おれの尻を割り開くと、あらわになった後孔をすうっと指先でなぞった。

それを見たフェリクスが身体を少しずらし、おれをベッドの中心で四つん這いの体勢にさせる。頭の方にフェリクス、足元の方にガゼルがいる格好だ。

ガゼルもまたベッドに乗り上げると、三人分の体重を受けてベッドがギシリと軋んだ。

「タクミのここ、すげェな。閉じ切ってないの、自分で分かるだろ？」

確かにそこは、ガゼルの指摘通り、いまだに閉じ切らずにぱくぱくと口を開閉させているのが自分でも分かった。

ガゼルの骨ばった指でゆっくりと穴の縁をなぞられると、ビクンッと身体が跳ねる。

「っ、み、見ないでくれ、ガゼルっ……」

あまりの恥ずかしさに、涙声になりながらガゼルの方を振り向いて懇願する。

だが、ガゼルはそんなおれを見下ろすと、むしろ金色の瞳に情欲をぎらつかせた。

「そんな声で言われると、ますます見てたくなっちまうなァ。それに、フェリクスの形を覚えこんだままっていうのも妬けちまうぜ」

「おや。ガゼル団長に嫉妬していただけるとは、男冥利に尽きますね」

「ま、すぐに俺の形にしちまうけどなァ。っホラ、タクミ……力抜いておけよ？」

先程、フェリクスの陰茎を受け入れていたため、すっかり濡れて緩んでいたそこは、ゆっくりと押し進められたガゼルの熱く固い肉棒を難なく受け入れてしまった。グポッ、グチュっといういやらしい水音と共に、ガゼルの陰茎がどんどんおれの中に入っていく。

「っ、やっ……！　ま、まだそこ、イったばかりでっ……あっ、あぁっ！」

陰茎がごりごりとおれの中を突き上げていく快楽に、がくりと身体の力が抜けてしまう。

そのままベッドに伏せてしまうかと思ったが、ガゼルが両手でおれの腰をわし掴んでいたため、上半身をベッドに伏せて、腰だけを高く上げた体勢になってしまう。

ちょっと待って!?　この体勢、死ぬほど恥ずかしいんですけど!?

けれど、逃げることはできなかった。ガゼルが腰を打ちつけ、おれの中をガツガツと突き上げ始めたからだ。

「ひ、うッ！　ァ、ああ、あッ！」

「タクミっ……！　ほら、俺を咥え込んで気持ちよくなってる今のお前の顔、フェリクスに見せてやれよっ……」

「ひ、んぅッ！　ぁ、だめだっ、フェリクスっ、見ないでくれっ……ん、あァッ！」

イったばかりで敏感にひくついている中を背後から激しく突き上げられて、喘ぎ声が抑えられない。

あまりに強すぎる快楽に、おれの陰茎が再び頭をもたげてくる。

今の自分はきっとひどい顔をしているだろう。過ぎる快楽で、こらえようと思ってもぼろぼろと涙が溢れてきてしまうのだ。

けれど、おれの正面に回ったフェリクスは、そんなおれの顔を見ると、悪戯っぽく笑った。

「ふふっ……今度は私が妬いてしまいます。ガゼル団長のもので突き上げられるのは、そんなに気持ちいいですか？」

「くっ、ぁ、んぅっ……あぁぁっ！」

「ねぇ、タクミ。私とガゼル団長のもの、どちらが気持ちいいですか？」

フェリクスの声音は穏やかだったが、抑えきれない嫉妬を帯びていた。

おれは頭を横に振って、分からない、と伝える。

というかマジでイッパイイッパイ過ぎて、どっちがどうとか本当に判断できる状況じゃない！

マジで死ぬ、死にそう！

おれは涙目でフェリクスを上目遣いで見上げた。目が合ったフェリクスは、一瞬だけ息を呑んだ後、頬を上気させた。

「タクミ……そんな可愛い顔をしていては、逆効果ですよ？」

はぁ、と熱い吐息を零したフェリクスは、おれの顔の前に自分の陰茎を差し出した。それは、先程おれの中に精を放ったばかりだというのに、再び硬く勃ち上がっている。

お、お元気ですねフェリクスさん……！

「タクミに以前、やり方は教えましたから分かりますよね。あの時のように……また私を慰めてくださいませんか？」

「っ……」

切なそうな声と共に、フェリクスが硬くなった陰茎の先端をおれの頬に擦り付けてきた。

ぬるりとした先走りで頬が濡れ、雄臭さに頭がくらくらする。

……フェリクスが言っているのは、以前、おれが発情状態だった時に三人でシた時のことだ。

あ、あんな体験はあれっきりだと思ったのに！　っていうかさ、あの時はおれが発情状態だっからそういうコトをせざるを得なかったんじゃん!?

素面の状態でこんなことするの、めっちゃ恥ずかしいんだけど……!?

「タクミ……」

そんなふうに悶々としていたら、フェリクスが切なげな声でおれの頬に再びぬるりと陰茎を擦り付けてきた。

ちらりを視線を上げて彼の顔を見上げると、フェリクスの期待の篭もった瞳と視線が合ってしまった。

「っ……」

少し迷った後――おれは舌を伸ばし、彼の陰茎にそうっと這わせる。

「っ、は……！」

フェリクスがおれの頭を掴んだ。

とはいえ、力を込めないようにしてくれているのが分かる。

浮き出た血管をなぞりながら舌先を這わせると、フェリクスの陰茎が小刻みに脈打った。

おれの拙い舌技でも気持ちよくなってくれているのだと思うと、少し嬉しい気持ちが湧いてくる。

その気持ちに背中を押されるようにして、おれはゆっくりと陰茎を口に咥える。

「――ほら、タクミ、こっちにも集中しろよ？」

「っ⁉　ん、んむっ、ふぅッ……！」

しかし、おれがフェリクスの陰茎を完全に咥えたタイミングで――ガゼルが腰をパンパンと音が鳴るほどに激しく打ち付け、後孔へのピストンを速めた。

しかも、抜き差しされる度に狙って中にあるしこり部分をゴリッ、と先端で擦られ、おれはビクンッと身体を大きく震わせた。

「く……ッ、タクミ……」

「っと……悪いなフェリクス、ぶつかったか？」

「いえ、軽くでしたので大丈夫です。それよりも、タクミの口内は気持ちいいですね……」

おれが身体を震わせたタイミングで、フェリクスの陰茎に軽く前歯が当たってしまったようだ。ご、ごめんフェリクス。

謝罪の意味を込めて、噛んでしまったところを労わるように、口に含んだまま舌で舐める。すると、フェリクスの陰茎からじわじわと先走りが溢れ、口内に雄臭さが一気に広がった。

「おや、今日のタクミは積極的ですね。ふふ、嬉しいです」

おれがフェリクスの陰茎に舌を這わせると、彼は嬉しそうに笑っておれの頭を撫でてくれた。そして、そのまま指先で髪を梳き、時にはわざと指に毛先を絡ませながら、頭を撫で続ける。

「前回、咥えるがままという感じの貴方も初々しくて愛らしかったですが……自分から私のものに舌を這わせる貴方は、それ以上に興奮しますね」

「お、羨ましいなァ、フェリクス。タクミ、後で俺もやってくれるよな？」

待って、この後ってどういうこと⁉

あまりにもフランクな死刑宣告を聞いて、一気に顔を青ざめさせる。

だが、ガゼルが腰を打ち付けながら、おれの陰茎に手を這わせ始めたので、再び一気に顔に血が昇ってしまった。

「お、勃ってるな。まだこっちには触ってねェのに……俺のもので後ろを突かれただけで勃ったのか？　ん？」

「んンッ、むっ、ぅ……！」

無骨な指でさわさわと先端をいじられ、かと思えば指の腹でつつーっと優しく幹をなぞられる。

「ひ、ぅ！　んぅっ、むぅ、んンッ！」

ガゼルにくすぐられるように陰茎を触られたことで、先程射精をしたばかりだというのに、おれのそこは完全に勃ち上がってしまった。先端から溢れた先走りが、シーツにぽたぽたとシミを作る。

「よしよし、えらいぞタクミ。じゃあ、後ろだけでイかせてやるよ……ッ！」

ガゼルはその様子に満足そうな笑い声を漏らすと、ゆっくりとおれの中から陰茎を抜いた。陰茎が引き抜くのに合わせて、先程、フェリクスが最奥(さいおう)に吐き出した精液もつられて外に零れていく。後孔から溢れた精液が太ももを幾筋にも伝っていくのが、皮膚を伝う感触で分かってしまった。

「タクミッ……！」

そして――ガゼルはぎりぎりまで腰を引いて、先端をわずかに残したところで、そこから一気に肉棒を突っ込んだ。

「んぅ、んんんぅーーー！」

ごちゅんっ、と音がした瞬間、おれの身体がビクンビクンッと震え、その反動でフェリクスの陰茎に思いっ切り吸い付いてしまった。

「っく、タクミっ……！」

瞬間、フェリクスの陰茎を口に咥えたまま、あまりもの快楽に呻き声に近い嬌声をあげる。

フェリクスが一気に白濁液を吐き出した。彼も射精をしたばかりであったため、一回目ほどの量はなかったものの、それでも激しい勢いでおれの口内にどろりとした精液が溢れる。喉の奥に吐き出されたため、おれは否応なく精液を飲み込んでしまう。

「んっ……ごほっ、けほっ！　……はっ……」

フェリクスがおれの口から陰茎を抜いた時には、口内は雄臭さでいっぱいだった。咳き込むと、口端から飲み切れなかった精液が伝い、シーツを濡らす。

だが、休んでいる暇はなかった。

「ひ、うっ、あぁっ!?　あっ、ガゼルっ、そこ、もうっ……！」

ようやく口が自由になったおれは、首だけでガゼルを振り返って懇願した。だがガゼルは、征服欲をあらわにした笑いを浮かべるだけだった。

その凄艶な笑みにぞくりと背筋が粟立つ。

「ほらっ、タクミ……！　後ろだけでイっちまえよ……っ！」

「ひ、ぁ、だめっ、こんなっ……ん、あっ、あああぁーーーッ！」

ゴツン、ゴツンッ、とガゼルの脈打つ陰茎に最奥を叩かれると、おれの中は勝手に彼をきゅううっと締め付けてしまった。

「ぐっ……タクミっ……！」

最奥にガゼルの陰茎が突き込まれ、名前を呼ばれたと同時に、ガゼルもまたおれの中で果てた。

そして、それはおれも同時だった。

先程彼に宣言された通り――ガゼルが熱い精液をどっぷりとおれの中に吐き出した瞬間、おれの陰茎もまたびゅるるるとシーツに向かって精液をぶちまけたのだった。

「っ、ハぁっ……」

はーっ、はーっ、と肩を上下させるほどに荒く呼吸をしていると、ガゼルがゆっくりと陰茎を引き抜いた。

支えのなくなった腰は、力が抜けてがくりとベッドに崩れ落ちる。だが、そんなおれの身体をガゼルが抱き寄せて、背後から優しく抱き寄せた。

「よしよし……頑張ったなタクミ。疲れたか？」

「……すごく疲れた」

「ははは、そうだよなァ。でも、すごく可愛かったし、お前の中もたまらなかったぜ。すっかり俺とフェリクスに馴らされちまったなァ？」

「頼むからそういうことは言わないでくれ。おれはものすごく恥ずかしかったんだぞ」

手の甲で口元を拭いながら、顔を赤らめてガゼルをジト目で睨みつける。

だが、ガゼルは反省するどころかむしろ、おれの抗議に対して笑いを堪えるような顔になった。

「くくっ……ますます可愛いな、タクミ。お前のそういう……いつまでたっても擦れない純真なところが俺は愛おしいよ」

そう言って、ガゼルがおれの頭を分厚い掌で優しく撫でてくれた。

頭から頬に滑ってきた冷たい手の温度がとても気持ちいい。

心地よさに、ついつい背後にいるガゼルに体重を預けてしまう。だが、ガゼルに嫌がる様子はなかった。それどころか、ますますおれを抱きとめる両腕の力強さを増す。

「ちょっと無理させすぎたか？　このまま寝てもいいぜ」

「身体の方は私たちが清めておきますよ、タクミ」

二人が優しく声をかけてくる。

その提案に甘えてしまいたい気持ちも湧いたが、おれは首を横に振った。

「いや……疲れた、というのもあるが……安心したんだ」

「安心？」

正面にいるフェリクスが、おれの言葉に不思議そうな顔を浮かべた。

「うん。……おれも、正直に言えば、二人に秘密を抱えているのは心苦しかったんだ。だが、おれの元いたところの話なんて二人にとっては荒唐無稽だろうし、信じてもらえるかが、すごく怖かった……」

っていうか、おれ、自分でも思ったけど隠し事とか向いてない性格なんだなぁ。二人に隠そうと思ったことって、大抵どこかしらの部分でボロが出てるしね！

「……タクミ……」

ガゼルがおれの身体をぎゅうっと抱え直した。おれを抱きしめる腕の力強さが痛いぐらいだ。

「だから、二人がおれの話を疑わないで、受け止めてくれたこと……本当に嬉しかったし、安心したんだ。だから、その……上手く言えないんだが、ありがとう」

その言葉を言い終わるか、言い終わらないかというところだった。

正面にいたフェリクスが突如、おれの身体をガゼルの腕から自分の元へと抱き寄せたのだ。

そして、すぐさま噛みつくように口づけられる。

思ってもみなかった、そして彼にしては珍しく荒々しい性急なキスに目を白黒させる。

「ふッ……フェリクスっ……？」

唇が離れた後、どきどきと早鐘を打つ胸を押さえながら、フェリクスを見上げる。

これもまた珍しく、彼は頬を赤らめて、口元に手を当ててなにかを耐えるような表情を浮かべていた。

「っ、すみません、タクミ……ですが、貴方があまりにもいじらしいことを仰るから……」

「おいおいフェリクス、今は俺の番だろう？　抜け駆けするなよ」

フェリクスの言葉に首を傾げていたら、嬉しそうに頬をゆるめたガゼルがおれの顎を取った。そして、今度は彼にキスをされてしまう。

優しく包み込むような、甘やかすようなキス。これも、いつも強引なキスを仕掛けてくるガゼルにしては珍しい。

けれど、愛おしそうに瞳を細めて唇を重ねてくるガゼルに、いつもよりもはるかに胸が高鳴った。

「んっ……」

ガゼルからの甘いキスを受けながら、頭の隅で考える。

……こんなに簡単なことだったら、もっと早く、初めから打ち明けていればよかったんだろうか?

いや、違うな。

きっと初めからあんな荒唐無稽な話をしても、今と同じところには辿り着けなかったはずだ。

今日のこの日があるのは……おれが皆を信じて、皆がおれを信じてくれたから。そういう日々の積み重ねがあったからだ。

改めて、思う。

おれがこの異世界に来て、出会ったのがこの二人で、本当によかった。この人たちだったからこそ、おれも二人を信じることができたんだ。

……紆余曲折はあったが、それでもこの二人が生きて傍にいてくれることがなによりも嬉しい。

勿論、これからもまだまだ困難はあるだろうし、メヌエヌ市に来ていた魔王のことだって気にかかる。だが、それでも今は、数多の困難を皆で協力して乗り越えて、こうしていられる幸せを噛み締めたかった。

………噛み締めて、いたかったんだけど。

「ガ……ガゼル？　いったい、どこを触っ……ひゃッ!?」

「いやー、悪いけど俺は満足してないんだよな。まだ付き合ってくれるよな、タクミ？」

「ガゼル団長、それを言うなら私もまだタクミを抱き足りないのですが」

ほ、ほんっとにもう……頼むからガゼルもフェリクスも「手加減」って言葉を辞書で引いてきてほしい！

だ、だいたい、前回は呪刀による発情状態という理由があったけど、今回は、なんの理由もないからね!?　いや、発端はおれだから、お仕置きって言われちゃうと、文句は言えないんだけどさ！

「──ほら、タクミ。また可愛い声を聴かせてくれよ」

「タクミ、こちらを向いてください……さっきはあまり貴方の顔が見られませんでしたから」

……ああ、もう。一番困るのは、なんの理由もないのに、ガゼルとフェリクスに迫られて、それを断り切れなくて──

いや、断れないどころか、二人を受け入れちゃってる自分だ。

……うん。呪刀のデメリットなしに二人に抱かれるのが嫌じゃないという時点で、二人の思いに対するおれの答えも出ているんだよなぁ。

今回のメヌエヌ市の件で分かったが……やっぱり、おれは二人のことが大好きだ。

二人を失うかもと思ったからこそ、おれは自分が迂闊(うかつ)に取った行動が許せなくなった。

目の前が一気に真っ暗になった。

叶うなら――このままずっと、三人で一緒にいたい。

でも……それじゃ、あまりにもわがままが過ぎるよな。やっぱり、ちゃんとした答えを出さなければいけない日が来るのだろう。

けれど、その日が来るまでは――どうか時間の許す限り、今のように楽しい日々を三人で過ごせますように。

愛は獣を駆り立てる
根古円
ILL.
琥狗ハヤテ
雄の熱情は
男のプライド
を越える!?
アルファポリス
第5回BL小説大賞
大賞
受賞作!
深夜残業からの帰り道、交通事故に遭ったトオル。彼は、人間が一人もいない獣人達が住む異世界にトリップしてしまった。たまたまトオルの出現場所にいた、狼獣人の騎士達に保護され当面の生活の心配はないものの、今までとはまったく違うこの世界の常識には戸惑うばかり。それなりに鍛えていたはずの肉体は、獣人達の間では華奢すぎると言われるし、何より、獣人達は、男同士でも番になり一方が子どもを産むことができるようだ。おまけに、トオルが性的に興奮すると周囲の獣人達が発情期になるらしいことも判明し――!?
◆定価：本体1200円＋税　◆Illustration：琥狗ハヤテ
◆ISBN：978-4-434-25792-6
愛は獣を駆り立てる
根古円
雄の熱情は
男のプライドを
越える!?
アルファポリス

ある日気づいたら、男しかいない異世界にトリップしていた普通の男子高校生・シロム。トリップ特典として色々なチートスキルを授かっていると知り、冒険者として一旗揚げようと志(こころざ)す。けれども最強の必殺技には、ことごとくエッチな代償が付いてきて——!? 「スキル発動のたびに性的な感度が上がって敏感になっちゃうし、周囲を発情させるなんて詰んでるだろ!!」。Sランク冒険者、ヤンデレな猫耳、マッチョな虎獣人etc……行く先々でイケメンに求愛されながら、最強冒険者を目指すシロムの冒険は続く!

◉定価:本体1200円+税 ◉ ISBN978-4-434-24104-8

illustration:hi8mugi

テューリンゲン博士と愛しのリリー
DR.THURINGIA AND LILY, MY BELOVED
海月ソンノ
SONNO UMITSUKI
親バカ博士
×
ツンデレリリー
大好評発売中!
天才博士は「僕のリリー!!」ツンデレ人外がお好き!?
かみあわない二人の日常♥コメディ
テューリンゲン博士の長年に及ぶ研究の末、人外・リリーが完成した。獰猛なサメのように鋭く尖った歯、瞬時に獲物を絞め殺すための触手、それさえも博士にとっては可愛く感じる。リリーにただならぬ愛情を持っている博士だったが、肝心のリリーの態度は思っていたものと違って——!?
◎B6判　◎定価:本体680円+税　◎ISBN978-4-434-25912-8
アルファポリス 漫画
検索

檻の中で死を待つだけの醜い奴隷・クスターはある日、冷たく美しい領主の次男・ユリウスに護衛として買い取られる。ユリウスは妾腹(しょうふく)の子であるがゆえに家族と様々な確執を持ち、さらに定期的に“客”の男たちと身体を重ねていた。初めはクスターに対し冷淡なユリウスだったが、純粋で献身的なクスターにその固く閉ざした心を開いていき——。

◎B6判　◎定価：本体680円＋税　◎ISBN978-4-434-27543-2　アルファポリス 漫画　検索

望田あん子
因縁が結ぶ妖怪ファンタジー
あやしもの
大好評発売中!!
初恋が妖怪と共にやってきた!!
高校一年生の沙雪は両親が念願のマイホームを購入したため、最近引っ越してきたばかり。新しい家から高校に向かう途中、偶然出会った男の人に一目惚れ！　充実した新生活がスタート…のはずが、なぜか彼女の周りで妙な事が起こり始めて——
因縁が絆を結ぶ妖怪ファンタジー、開幕!!
◉B6判 ◉定価:本体680円+税 ◉ISBN978-4-434-27342-1
あやしもの
望田あん子
初恋が妖怪と共にやってきた!!
アルファポリス
因縁が結ぶ妖怪ファンタジー
アルファポリス 漫画
検索

左遷も悪くない

［原作］霧島まるは
［漫画］琥狗ハヤテ

Presented by Maruha Kirishima & Hayate Kuku

シリーズ累計
14万部突破!!
（電子含む）

コミックス絶賛発売中

鬼軍人、嫁をめとり人の温かさを知る

優秀だが融通が利かず、上層部に疎まれて地方に左遷された軍人ウリセス。そこで出会った献身的な新妻レーアと、個性豊かな彼女の兄弟が、無骨なウリセスの心に家族の愛情を芽生えさせてゆく――

◎B6判　◎定価：本体680円+税　◎ISBN：978-4-434-22054-8

アルファポリス 漫画　検索

アルファポリスで作家生活!

新機能「投稿インセンティブ」で報酬をゲット!

「投稿インセンティブ」とは、あなたのオリジナル小説・漫画をアルファポリスに投稿して報酬を得られる制度です。
投稿作品の人気度などに応じて得られる「スコア」が一定以上貯まれば、インセンティブ=報酬(各種商品ギフトコードや現金)がゲットできます!

さらに、人気が出ればアルファポリスで出版デビューも!

あなたがエントリーした投稿作品や登録作品の人気が集まれば、出版デビューのチャンスも! 毎月開催されるWebコンテンツ大賞に応募したり、一定ポイントを集めて出版申請したりなど、さまざまな企画を利用して、是非書籍化にチャレンジしてください!

まずはアクセス! アルファポリス 検索

アルファポリスからデビューした作家たち

ファンタジー

柳内たくみ
『ゲート』シリーズ

如月ゆすら
『リセット』シリーズ

恋愛

井上美珠
『君が好きだから』

ホラー・ミステリー

椙本孝思
『THE CHAT』『THE QUIZ』

一般文芸

秋川滝美
『居酒屋ぼったくり』シリーズ

市川拓司
『Separation』
『VOICE』

児童書

川口雅幸
『虹色ほたる』
『からくり夢時計』

ビジネス

端楽

大來尚順
『端楽(はたらく)』

W E B　M E D I A　C I T Y　S I N C E　2 0 0 0

電網浮遊都市

A L P H A P O L I S

アルファポリス

https://www.alphapolis.co.jp　アルファポリス　検索

小説、漫画などが読み放題

▶ 登録コンテンツ80,000超！（2020年6月現在）

アルファポリスに登録された小説・漫画・絵本など個人のWebコンテンツをジャンル別、ランキング順などで掲載！　無料でお楽しみいただけます！

Webコンテンツ大賞　毎月開催

▶ 投票ユーザにも賞金プレゼント！

ファンタジー小説、恋愛小説、ホラー・ミステリー小説、漫画、絵本など、各月でジャンルを変えてWebコンテンツ大賞を開催！　投票したユーザにも抽選で10名様に1万円当たります！（2020年6月現在）

アルファポリスアプリ

様々なジャンルの小説・漫画が無料で読める！
アルファポリス公式アプリ

アルファポリス小説投稿

スマホで手軽に小説を書こう！　投稿インセンティブ管理や出版申請もアプリから！